Retour de flamme à l'américaine

COLLECTION JASMIN NOIR

dirigée par Marianne Stjepanovic-Pauly

1. *Retour de flamme à l'américaine* Gérard Streiff

Gérard Streiff

Retour de flamme à l'américaine

jasmin **noir**

Éditions du Jasmin

Gérard Streiff

Gérard Streiff a plusieurs cordes à son arc. Journaliste, il a été correspondant à l'étranger et a participé à plusieurs rédactions parisiennes. Historien, il a soutenu une thèse sur Jean Kanapa en 2001 sous la direction de Jean-Noël Jeanneney. Il enseigne l'histoire des médias à l'université.
Écrivain, il a publié une quarantaine d'ouvrages – essais, récits historiques, biographies, polars, littérature pour la jeunesse – chez différents éditeurs. Il dirige notamment la collection policière Polarchives, créée chez Baleine, reprise par les Éditions Le Passage.

DU MÊME AUTEUR
AUX ÉDITIONS DU JASMIN

Taupes, coll. JASMIN NOIR JUNIOR

Dépôt légal : 2e trimestre 2015
www.editions-du-jasmin.com
ISBN 978-2-35284-300-9

Les gens sont étranges quand on est un étranger

Jim Morrison

1

Le maître d'hôtel

« Putains de Frenchies, se disait Medina, ils sont capables de rester des heures à table à s'empiffrer… »

Tous les soirs de cette semaine, c'était le même cérémonial. Les organisateurs du Salon Mondial de la Sécurité imposaient, Medina ne trouvait pas d'autre mot, des repas interminables aux exposants. Le premier dîner avait duré cinq heures. CINQ HEURES ! Ce soir, au California, à deux pas des Champs-Élysées où logeait une partie des exposants, ils étaient bien partis pour remettre ça. Et pas moyen de se débiner, c'était pas bon pour les affaires : les voisins de table étaient des clients potentiels, ou des amis de clients potentiels.

Cheveux blancs en brosse ultra-courte, visage de vieille fouine, silhouette élancée, Medina avait le look des abonnés de salles de gym. Au salon sécuritaire, qui se tenait à perpète, Paris Nord Villepinte, il représentait la firme Sniper, premier fabricant américain d'armes, du revolver au drone en passant par tout type de pistolets, de carabines ou de fusils d'assaut. C'était « La Foire du Drone » avait titré un quotidien qui fit beaucoup sourire, mais Medina ne voyait pas le rapport. Les commandes s'annonçaient intéressantes, les Frenchies aimaient bien les armes, un peu moins que les Américains, mais tout de même… Et puis les drones, c'était tendance. Paraît qu'ici, des petits malins survolaient avec ces engins les centrales nucléaires, et même l'Élysée.

Cela dit, bon Dieu, avec ces dîners d'affaires, ce qu'il ne fallait pas supporter ! La bouffe et le baratin sur la bouffe !

Les convives étaient répartis par petites tables dans le vaste hall du palace. À son arrivée à l'hôtel, Medina avait eu droit à l'historique de l'établissement, à la liste des illustres prédécesseurs qui avaient expérimenté sinon son lit du moins sa chambre, Ernest Hemingway, *of course*, Orson Welles, Clark Gable, Elizabeth Taylor, Richard Burton, la liste n'en finissait pas. À croire que la rue de Berri était une rue américaine. Jadis, l'édition européenne du *Herald Tribune* se trouvait juste en face, au n° 15. « *Herald Tribune* ! » : Medina ne connaissait pas Godard, sinon il aurait eu aussitôt dans les oreilles la voix de l'éternelle Jean Seberg vendant le journal tout en se laissant draguer par Belmondo… C'était en 1960, une paille !

Ce soir, Ernest Medina avait à sa gauche une journaliste qui lui tapait particulièrement sur le système, une compatriote peut-être, elle ne s'était pas présentée ou il n'avait pas retenu ; elle n'arrêtait pas de déblatérer sur (ou plutôt contre) les armes et le port d'arme, et le laxisme américain, gnangnangnan… Un comble dans cette assemblée. Il détestait ce genre de pimbêche gauchiste. Leur place était à Guantanamo, avec les amis du Prophète ! À sa droite piapiatait un certain Galibert de Tournelle. C'était guère mieux. Ce gérant de domaine en Bourgogne lui tenait la jambe depuis le début du repas. Le type avait un look d'aristo et des manières de marchand de tapis.

Le haut Versailles, le bas canaille, comme aurait dit sa professeure de tango à Dallas, une Française. Le marchand de vin n'en finissait pas de faire tourner son verre et de lui chuchoter à l'oreille ses commentaires, comme des secrets de vieux libidineux : « Quelle robe ! », « Quelle jambe ! », « Quel nez ! » De tous côtés, les propos de connaisseurs faisaient écho : « Ténu ! », « Boisé ! », « Fruité ! »

Ernest Medina patientait. Et regardait le maître d'hôtel qui le regardait. Depuis lundi, c'était le même employé énigmatique qui officiait devant sa table. Il avait belle allure avec son frac noir à basques en queue de morue, son gilet mordoré, son pantalon gris clair ; il portait une large serviette blanche amidonnée sur le bras droit, des gants immaculés. Mais il avait une manière de le dévisager tout à fait déplacée.

« Un Romanée-Saint-Vivant, cher ami, tonnait de Tournelle, c'est excellent avec ce qu'on nous sert. »

Dans les assiettes venait d'atterrir un perdreau. L'Américain ne connaissait pas le nom du volatile. Le gérant s'adressa à la cantonade pour qu'on l'aide à traduire. Le majordome, muet jusque-là, le tira d'embarras : *A partridge, Sir, a young partridge !* Ernest Medina opina.

Profitant de ce début d'échange, le maître d'hôtel s'approcha de lui et sans un mot, à l'aide de sa serviette, frotta légèrement son revers de veste, les yeux plongés dans ses prunelles. L'Américain, gêné, se laissa faire. À Dallas il lui aurait volontiers balancé son poing dans la gueule, mais à Paris, fallait faire gaffe.

« Un Romanée-Conti, en revanche, poursuivait l'autre, c'est le vin idéal avec la bécasse ! Vous connaissez la bécasse ? »

L'Américain ne voulait pas d'un nouveau débat linguistique, il approuva. Va pour la bécasse…

Dans la salle, le bruit gagnait, la chaleur aussi.

À table, on parlait maintenant de Richebourg et de sauce Grand-Veneur, de Tâche et de râble au vin rouge, de Montrachet et de poularde de Bresse à l'ail.

Raa-bloo-vin-rouchchch, pou-léééé-aaa-laïïïle…

L'hystérique, à sa gauche, continuait son réquisitoire contre les armes en vente libre aux *States*, « une honte », bêlait-elle.

Medina soudain eut sa dose. Ses oreilles bourdonnaient. Après une journée bien remplie, au fin fond de la banlieue, passée à baratiner le tout-venant, à rabâcher cent fois le même laïus pour vendre ses outils de combat, à bonimenter, à gagner sa croûte, quoi, c'était un peu trop, trop de vins, trop de sauces, trop de plats, trop de conneries, trop de tout… Il avait besoin d'air. Medina sortit de table sans trop se faire remarquer, le groupe continuant de boire les paroles du Bourguignon ou les criailleries de la sorcière, et il fila, d'une démarche un peu raide, direction les W.C.

Avec ses lumières tamisées, ses marbres roses, ses sombres boiseries et sa musiquette d'accompagnement, le coin était soudain reposant. Il souffla et se dirigea vers un lavabo pour se passer le visage sous l'eau.

« Putains de Frenchies », grogna-t-il encore. Il souriait cependant en songeant à leur pou-lé-aaa-laïllle.

Quand il releva la tête, il contempla sa face rougeaude et ruisselante dans le miroir, puis il vit le maître d'hôtel, planté juste derrière lui, saturnien, blafard. Ernest Medina n'eut pas le temps de se retourner.

2

Comme une bougie

Racine retrouva Magali Bourgeade devant la rédaction du mensuel *Les Papiers Nickelés*, au Liégat, à Ivry, un ensemble d'immeubles tout en pointes signé Jean Renaudie. Autour de patios, aux arbres dénudés en cette saison, les bâtiments s'étageaient en étoiles dont les branches abritaient des jardins suspendus.

« Ma banlieue vaut ton Paris », dit Magali.

Magali Bourgeade était une adepte de la randonnée urbaine ; elle sut convaincre Racine, pourtant partisan du *no sport* cher à Winston Churchill, de remonter *pedibus* vers Paris, vers Jussieu en fait et le restaurant Le Bagel. Racine ne connaissait pas.

De son vrai nom Raphaël Cineux celui-ci était libraire-expert, un petit bonhomme trapu, crépu, le poil grisonnant. Ce quinqua, jovialement désespéré, avait des manières de gamin mal élevé. Il faisait un peu bête à part sauf pour l'habillement : costard noir sur chemise blanche, cravate et bretelles noires, été comme hiver, et des lunettes à grosses montures noires. Il avait l'uniforme réglementaire, en quelque sorte. Pas vraiment sexy, tendance cabocharde, mais Magali le trouvait rassurant et drôle. Et doué.

Magali Bourgeade, pigiste en attente d'un « vrai » poste qui ne viendrait peut-être jamais, commençait-elle à se dire, était une assez longue fille ; elle faisait presque une tête de plus que son partenaire. Un look androgyne, cheveux noirs très courts, une coupe à la garçonne, avec une belle raie à droite ; elle venait de fêter ses trente ans. Veste en feutre, couleur tabac, multipoches, polo aussi rouge que ses idées, minijupe courtissime et plissée sur collants noirs, bottillons en peau de lézard, du toc, mais elle aimait. Bras dessus bras dessous, le couple faisait très carpe et lapin.

C'était une belle journée d'hiver, *a glorious day* pour les Anglo-Saxons, un soleil étincelant, un ciel bleu avec juste quelques cirrus poussifs ici ou là, tout filandreux, quelques longues traces d'avions aussi, il devait être l'heure des grands départs de la mi-journée à Orly.

Ils longèrent la fontaine Pacha Mama, traversèrent le parc des Petits-Bois, passèrent au large du moulin restauré et enjambèrent le périphérique qui ne bouchonnait pas, pour une fois. Un coup d'œil aux anciennes usines Panhard et Levassor et leur muraille de briques rouges puis, *via* le Château des Rentiers (coucou la brigade financière !), passage par Campo Formio.

Racine commençait à la trouver longue. Il allait se plaindre, c'est sûr, aussi Magali lui lança-t-elle :

« T'as pas vu cette histoire d'Américain agressé au California ?

— C'est quoi ?

— On dit qu'un cinglé l'aurait badigeonné d'on ne sait trop quoi, sa tête aurait pris feu, on aurait dit une bougie, selon un témoin. »

Racine rentrait de Bruxelles ; il avait assisté à un concours de gendarmes et de voleurs d'un genre nouveau. Des firmes du Net, d'Amérique et d'ici, invitaient des hackers à tester en direct, si l'on peut dire, leurs systèmes de sécurité, voire à casser leurs code et mode d'accès. Elles étaient prêtes à (bien) payer les pirates qui réussiraient l'exploit ; après tout, c'était tout bénef pour leur sécurité ultérieure. Public restreint, invités triés sur le volet, Racine était là pour la BNF. Tout cela pour dire qu'il n'avait pas suivi l'actualité et rien lu sur le fait divers dont parlait Magali. D'ailleurs la presse avait été assez discrète, à peine quelques brèves ; comme si personne ne voulait monter au créneau. L'info la plus consistante, Magali l'avait lue sur un site d'expatriés US en France :

« Depuis quand tu t'intéresses aux expats, toi ?

— Depuis peu et, on va dire, par obligation. Je concocte pour la revue un dossier sur la communauté américaine de Paris.

— Quelle idée !

— Commande du rédac'chef en personne, Bergeron. »

Régis Bergeron, dit la salamandre dans le milieu journalistique, pour sa capacité à traverser les catastrophes professionnelles. Il avait passé sa vie à créer divers médias, à les voir prospérer puis calancher pour aussitôt se relancer dans de nouvelles aventures éditoriales. Ce septuagénaire avait un air d'étudiant très attardé, portant toujours de vieux pulls trop amples, des jeans sans âge ; il exhibait une tignasse blanche, partagée en deux vagues par un sillon médian, et une grosse moustache, blanche également. Sa tête attirait les caricaturistes ; il s'était d'ailleurs fait croquer par nombre d'entre eux et ses portraits décoraient son bureau.

Les deux promeneurs longeaient la Grande Mosquée, gardée comme la Banque de France par des militaires. Son restaurant proposait le meilleur couscous de Paris et Racine y aurait bien fait une halte, mais Magali avait son idée. La rue Linné n'était plus loin.

« Bergeron m'a déjà proposé le titre du dossier, reprit la jeune femme, alors que j'ai même pas écrit une ligne : "La communauté US, réseaux et filières". Il doit avoir sa petite idée, mais pour le moment, il me laisse patauger, il n'a rien voulu me dire de plus.

— Tu parles d'un thème…

— Tu le sais, ou tu ne le sais pas, Régis Bergeron a été longtemps marié à une Américaine, Angela Capra, reporter free-lance aujourd'hui. Une pointure. M'est avis qu'elle le briefe sur la question. Un peu, beaucoup ? Mystère. Faut absolument que je voie cette nana.

— Sinon ?

— J'ai lancé quelques sondes, sur le Net notamment. Ces jours-ci, les réseaux parlent surtout de l'enflammé du California. »

Magali avait pu glaner de premières infos. La victime s'appelait Ernest Medina, il était armurier. « Un marchand de canons. Enfin, un commercial des marchands de canons. » Medina était tombé, dans les toilettes de l'établissement, sur un incendiaire, genre d'agresseur peu répandu jusqu'ici. L'arrivée inopinée d'un autre exposant avait mis le flambeur en fuite et Medina avait pu être secouru. Mais on lui avait bel et bien incendié la tête. L'Américain était dans un sale état.

« Et pas d'explication ? Pas de piste ?

— Si, une signature, paraît-il.

— Une signature ?

— La réception de l'hôtel aurait retrouvé dans le casier de Medina, à côté de la clé de sa chambre, un mot.

— Allez, accélère, tu te fais désirer, non ? Un mot ? Quel mot ? Cause !

— Sur une simple feuille A4, deux mots en fait, imprimés en gros, format standard.

— Et ?

— Et ça disait : *"From Mowgli"*.

— *From Mowgli* ?

— Oui, *From Mowgli* ! »

From Mowgli… Les sourcils en accents circonflexes, Racine opinait du chef. Défilaient dans son regard le vieux Kipling, la jungle, l'Indien, les loups, Baloo, Bagheera et toute la ménagerie…

« Mowgli sonne le glas ? fut son premier commentaire.

— Mouais. »

3

Le Bagel

Cela faisait bien une demi-heure qu'ils marchaient et Racine allait déclarer forfait quand Magali cria victoire : « Le Bagel ! »

Un restaurant américain. Racine n'en revenait pas : Magali mangeait américain. À Paris ! Il aurait dû s'en douter, son amie ne faisait pas dans le détail. La nuance et elle, ça faisait deux. C'était tout ou rien. On lui avait demandé de s'intéresser aux Américains, alors elle commençait illico par manger américain ! Racine, épuisé par la randonnée, abdiqua.

Sur la petite véranda en alu du restaurant clignotait en lettres rouges l'indication *Open.* La salle contenait une dizaine de boxes avec des banquettes en skaï rouge. Trois espaces étaient occupés. Au plafond, des ventilos, au repos. À main gauche, le bar ; derrière, une cuisine très étroite.

Racine s'affaissa sur la première place disponible et, dépité, consulta le menu ; il était question de *drinks* et de *sweets*, de *salads* et de *starters*, de *sandwiches* et de *wraps*, de *burgers* et de *griddle*, d'*eggs* et d'*omelets*. Pour les formules de midi, il fallait demander à la serveuse.

Justement un ange, asiate, Cao si l'on en croyait son badge, se mit à leur disposition. Une créature gracile, désarmante.

« Français ? »

Ce n'était pas vraiment une question et elle poursuivit :

« À midi, il y a le choix. On peut prendre des bagels viande séchée, moutarde sucrée et cornichon aigre-doux…

— Ou bien ? s'empressa Racine.

— Une salade de poulet laqué au coca-cola.

— Super », siffla le libraire.

Cao comprit « dessert » et suggéra un cheese-cake au citron.

Racine voulut se contenter d'un café, Magali insista pour un menu, d'autant que la carte, côté café, proposait du « jus de chaussette à volonté », textuellement. Ils optèrent pour deux salades.

Le public était populaire, et américain. Peu de chance de croiser ici les people d'outre-Atlantique de la rue de Berri ou des Champs-Élysées. À une table voisine, une jeune et jolie fille, visage large, bouche charnue, extrêmement bavarde, envoûtait de sa tchatche un quadra légèrement enveloppé. Quand elle marquait une pause, il lâchait un petit bruit mouillé de bouche qui ne voulait rien dire, mais avait le mérite de relancer aussitôt sa partenaire dans de nouvelles tirades. Le nom de « Detroit » revenait souvent dans ses propos.

Les autres clients, harnachés, devaient être des touristes, jeunes ou/et fauchés.

Au mur, des photos de groupes, un encadré d'Ernest Hemingway, l'incontournable, qui disait « Paris vaut tous les efforts et vous serez récompensés de ce que vous lui apporterez. Mais ça, c'était le Paris de quand nous étions très pauvres et très heureux. » Sur une étagère, au-dessus du bar, un casque de joueur de base-ball côtoyait un tiroir-caisse datant du *Mayflower*, ou presque.

Cao était-elle américaine ? Elle était parfaitement anglophone en tout cas, à la voir gérer les tables voisines. Elle voulut leur parler de la recette du bagel viande séchée, mais Racine détourna habilement la conversation sur le fond musical, à peine audible pourtant :

« Cette chanson qui passe en boucle, là…

— Oui ?

— C'est pas Harry Belafonte ?

— Exact.

— *Jamaïca Farewell* ?

— Oui, vous aimez ? »

Ils bavardèrent un bon moment sur Belafonte, sa jeunesse, sa vie, son œuvre, ses engagements, sa proximité avec Mandela, *Try to remember*, *Jump in the line*, *Banana boat song*…

Magali Bourgeade savait l'attirance de Racine pour les Asiatiques ; elle toussota, histoire de rappeler son existence. Cao finit par s'éclipser et la journaliste, qui creusait son sillon, revint sur l'agression du California et l'affaire Mowgli.

« Si ça t'intéresse, bien sûr ?

— Allez, râle pas, je t'écoute.

— Bon. La police aurait des soupçons. Un des serveurs, un extra, de type européen, qui officiait ce soir-là, aurait quitté son poste peu après « l'incident ». On ne l'aurait plus revu. Ce personnage bossait pour l'établissement chaque fois qu'il y avait un coup de chauffe. Son CV était parfaitement bidonné. Faux nom, faux téléphone. C'est lui qui prenait contact, tu vois le genre… mais comme le travail était au black, la direction de l'hôtel n'avait pas vu l'embrouille ou pas voulu la voir. À présent, elle est dans ses petits souliers. »

Racine appréciait. Son amie n'avait vraiment pas perdu de temps.

« Il n'y a pas non plus, dit-on, de portrait du serveur. Et pas de photo du repas où il figurerait, t'imagines un peu ?! Curieusement, aucune caméra du California ne marchait ce soir-là. Plus étrange encore, personne après coup ne semblait capable de décrire le personnage. Était-il grand ? Petit ? Gros ? Maigre ? C'est comme s'il n'avait laissé aucune trace.

— Un Blanc ?

— Oui, un Blanc.

— C'est déjà ça. Anglophone ?

— Pourquoi ?

— *From Mowgli* ! c'est pas du breton.

— Si c'est de lui…

— Et l'ambassade ?

— *No comment* sur l'incident ; les relations entre Paris et Washington, dit-on, sont au beau fixe, personne ne veut faire d'histoires. Et puis, avec une agression dans des toilettes, on ne sait jamais où on met le doigt. On dit aussi, remarque bien, que l'ambassadeur, James Clappier, ne fait guère confiance à la police frenchie ; il aurait déjà mis ses gens, ceux de la sécu de l'ambassade, au travail.

— Et Mowgli ?

— Il court toujours.

— Il se balance toujours, tu veux dire. De liane en liane.

— Tu confonds pas avec Tarzan ? »

4

L'ambassade

Magali rêvassait en regardant les guirlandes qui tremblotaient sur les mâts des bateaux voisins dans le port de l'Arsenal. Le plus gros des yachts était décoré comme un arbre de Noël et sa kyrielle d'ampoules dodelinait doucement, au gré d'une légère houle.

Sur le passage de l'Arsenal, elle voyait Charles-Édouard qui faisait son cheval. Charles-Édouard, c'était le nom que tout le monde ici donnait à ce vieux bonhomme, sapé comme l'as de pique, qui, le buste raide, le menton haut, les mains dressées et poings fermés, mimait la posture du cavalier. Et pouvait trotter, ou galoper, des heures durant autour du port. Il prenait par le boulevard de la Bastille, revenait par le Boulevard Bourdon, traversait le passage, et ainsi de suite. Un jockey raté ? Un cavalier déchu ? Un dérangé du ciboulot ? En tout cas, il faisait partie du décor.

Comment Magali avait-elle atterri sur une péniche format de poche dans ce port qui affichait complet, aux pieds de la Bastille ?

Elle s'était fait récemment virer comme une malpropre de son appartement, porte de Bagnolet, juste de l'autre côté du périph, pour un méchant retard de loyers. Son proprio n'avait aucun sens du compromis. N'ayant rien trouvé d'abordable dans le coin, elle avait même envisagé, une nanoseconde, de retourner chez ses parents. Au Mans. À trente ans !

« Tu sais qu'on est jeune jusqu'à trente-cinq ans aujourd'hui, selon les sociologues », lui assura Racine.

Le libraire lui avait bien offert son hospitalité. Et elle avait été sur le point d'accepter, même si elle ne courait pas trop après la vie de couple, quand Régis Bergeron la tira d'affaire.

Son rédac'chef était propriétaire d'une péniche, appelée *L'Andante*, achetée jadis pour les beaux yeux d'Angela Capra. Le couple y connut de beaux moments, comme dit la chanson. Si bien qu'après leur séparation, Bergeron se trouva totalement partagé. D'un côté il ne pouvait plus demeurer sur son rafiot de luxe, il y avait trop de souvenirs de l'autre partout ; mais d'autre part il ne pouvait pas se décider à revendre, justement parce qu'il y avait trop de souvenirs partout. Il installa donc une chambre améliorée dans l'annexe de la rédaction de son journal où il passait l'essentiel de son temps, faisant de brèves incursions, l'été, sur sa péniche. Il proposa à Magali de profiter du lieu le temps qu'elle se trouve un nouvel appartement.

Le bateau se composait d'une étroite cabine de pilotage et d'un grand salon-bibliothèque-cuisine au niveau supérieur, parquet, boiserie, cuivre, c'était nickel, et d'une chambre-cabine-salle d'eau-w.c. dans les soutes, lit extralarge, édredons rebondis, légère odeur d'encaustique, tapis douillets, le rêve, ainsi que d'une seconde pièce, obstinément close, fermée à clé.

Magali rêvassait parce qu'elle ne savait pas trop par quel bout prendre son papier sur la communauté américaine de Paris, il y avait trop d'entrées. « Les Yankees sont partout », se dit-elle ; elle venait de lire un guide qui disait : « Celui qui veut vivre à l'américaine à Paris trouvera tout ce qu'il faut pour le faire. Il pourra s'habiller américain, manger américain, lire américain, voir américain, décorer son chez-lui américain, se promener américain dans Paris, apprendre américain, faire des rencontres américaines, etc. »

Selon Régis Bergeron, il y avait plusieurs Amériques à Paris, l'officielle, certes, mais aussi la rebelle, la cossue et la plébéienne, celle de droite et celle de gauche. C'est peut-être ce qu'il entendait avec son projet de titre, réseaux et filières ? L'Amérique officielle, la BCBG, n'était pas trop difficile à situer. Plutôt grégaire, elle se posait à l'Ouest, genre 7e ou 8e arrondissement ou encore Neuilly, nichée dans les soi-disant « beaux quartiers », une espèce de pentagone dont les angles seraient l'hôpital américain de Neuilly, la cathédrale américaine avenue George V, le Harry's Bar dans le 2e, l'Église américaine quai d'Orsay (avec l'université américaine toute proche), et la librairie américaine, du côté de la tour Eiffel, rue du général Lamou.

Sans parler des annexes, innombrables, l'Amcham, la Chambre de commerce, l'ACF, l'American Center France, la FAF, la French American Foundation, une pléiade d'associations mixtes, de clubs transatlantiques, de think-tanks en tout genre, d'amicales les plus variées...

Ce petit monde se regroupait dans un espace dont les côtés ne dépassaient guère un kilomètre, un tout petit univers-monde avec en son centre l'ambassade avenue Gabriel et la résidence de l'ambassadeur, James Clappier.

Magali avait commencé par là : l'ambassade. Une sacrée machine, mille employés, lui avait-on dit (consulats de province, OCDE et « consultants » de la NSA compris). Mais côté entrée officielle et bureaux, elle avait fait chou blanc ; le lieu était barricadé, inhospitalier au possible. Un invraisemblable service d'ordre isolait l'immeuble du monde des humains. Avenue Gabriel, côté parc, il y avait un alignement permanent de cars de CRS qui glandaient grave ; sur le trottoir d'en face, une série de plots en béton interdisait tout stationnement et décourageait les passants. Les rares voitures qui osaient pénétrer dans le saint des saints étaient aussitôt auscultées, dessus, dessous, au détecteur antimines. Ça ressemblait plus à Beyrouth ou à Bagdad qu'aux Champs-Élysées tout proches. Toute cette armada disait autant la paranoïa de ce pays que la haine qu'il pouvait parfois susciter. Le plus drôle, c'est que ces précautions, au nom du sacro-saint « antiterrorisme », ne servaient pas forcément à grand-chose. Elles n'avaient pas pu empêcher par exemple un poète-escaladeur, Hervé C., de grimper récemment sur les toits de l'ambassade, d'où il avait été délogé par les pompiers. Il voulait, disait-il, donner son C.V. à Barack Obama.

Magali aurait pu tenter la même opération si elle n'avait pas souffert de vertige. Elle avait préparé une demande d'entretien avec l'ambassadeur, James Clappier. Dans sa lettre, elle parlait de son dossier de *Papiers Nickelés* et proposait quelques questions. Mais, décidément allergique à l'armada omniprésente, elle n'avait pas dépassé la barrière des gendarmes français qui bloquaient l'accès à l'immeuble et à qui elle avait laissé sa demande. *Inch Allah*, avait-elle murmuré tout bas.

Elle avait eu plus de chance, et usé aussi de plus de malice, avec la résidence de l'ambassadeur, 41 rue du Faubourg saint Honoré. Magali Bourgeade avait profité d'une équipe amie d'Arte qui y réalisait une série sur les demeures des ambassadeurs pour se glisser parmi les techniciens. C'était une bâtisse du XVIIIe siècle, sorte d'Élysée en plus petit, cuisine en sous-sol, enfilade de salons de réception, de vastes salles d'apparat classiques, parquet blond, grandes glaces, lustres magistraux. Il y avait là une salle de bal, une salle à manger, un salon vert. La bibliothèque Jefferson, à l'étage, contenait tout Rousseau dans une édition de 1785 ! Le bâtiment était prolongé par un vaste jardin, caché de l'avenue Gabriel par un mur surmonté d'une plaque en métal, la clôture devait bien faire trois ou quatre mètres de haut. L'épouse de l'ambassadeur était passée au cours de la réalisation du film, avait lâché quelques mots, pure mondanité ; tout ici était luxueux et vide. Ce n'était manifestement pas là que les choses se faisaient, mais Magali avait mis en boîte de belles images, c'était toujours ça.

5

Draft-dodgers

C'est Racine qui avait trouvé l'opuscule lors de ses pérégrinations ; il en fit cadeau à Magali quand ils se retrouvèrent, une nouvelle fois, au Bagel. Elle avait insisté pour retourner dans ce restaurant. Moins pour le souvenir de sa cuisine que pour recopier quelques recettes qu'elle pourrait intégrer dans son dossier, sous forme d'encadré sans doute.

Le livret qu'exhibait fièrement le libraire était intitulé *Draft-dodgers, manuel de l'insoumis américain au Canada*. Il était signé Angela Capra, et daté de 1973. L'exemplaire était dédicacé à Régis Bergeron avec ces simples mots « Pour R.B., mon opus magnum ! ».

Étudiante en journalisme à Montréal, Angela Capra avait alors réalisé un reportage sur les Américains qui refusaient de partir au Vietnam et se réfugiaient au Canada. Racine connaissait le sujet, Magali découvrait. Il y était question des insoumis au sens large : déserteurs, réfractaires, objecteurs de conscience.

Première surprise : l'énormité des chiffres. Ils variaient beaucoup selon les sources et cette incertitude se comprenait. Les autorités ne souhaitaient pas faire de publicité aux rebelles et ces derniers préféraient rester discrets, et se faire oublier. Les évaluations oscillaient entre 50 000 et 125 000 personnes. Angela Capra, reprenant des chiffres de la BBC, parlait de 60 000 jeunes Américains.

Un véritable exode.

« Bergeron m'avait pas parlé de ça ! » s'étonna la pigiste en feuilletant la brochure.

Le Bagel était à moitié rempli, cela semblait être la jauge habituelle. Cao reconnut ses hôtes et se montra sensible aux minauderies immédiates de Racine. En fait, sans consulter son amie, il commanda d'entrée deux doubles burgers « avec beaucoup de tomates, beaucoup de mayonnaise, beaucoup d'oignons ! »

Magali était sidérée. C'était sa manière à lui, en fait, de draguer. Et ça marchait, Cao lui adressait un sourire de gratitude, et plus si affinités…

La journaliste préféra se replonger dans la lecture de Capra. Celle-ci marquait la différence entre les réfractaires ou objecteurs de conscience, ceux qui ne s'étaient pas présentés devant les autorités : il s'agissait le plus souvent d'étudiants, de jeunes universitaires. Les déserteurs proprement dits étaient les soldats, les incorporés qui avaient fui l'armée. Ces jeunes gens venaient plutôt de milieux populaires, fils de pauvres ou d'ouvriers. Le dossier de ces derniers était plus lourd, leur intégration plus difficile. La Justice traquait le déserteur, mais pouvait se montrer plus accommodante avec l'objecteur.

Angela Capra énumérait ensuite une liste d'associations susceptibles d'aider les insoumis, avec tous les coordonnées utiles, The Student Union for Peace Action, The Montreal Council to Aid War Resisters, The American Deserters Committee, The Students for a Democratic Society, The Vancouver Committee to Aid American War Objectors, The Toronto Anti-Draft Programme, etc. Elle donnait la nomenclature de plusieurs dizaines de groupes au total et racontait comment au Québec, à Montréal, ces jeunes gens se retrouvaient au café The Yellow Door, rue Aylmer, près de l'université McGill.

« *Draft-dodgers*, dit Racine qui semblait enfin échapper à l'envoûtement de Cao, on peut le traduire par réfractaires ou par tire-au-flanc, c'est selon la façon dont on regarde ces jeunes gens… »

Magali se dit que ces renseignements devaient être à l'époque drôlement utiles à cette marée de jeunes pacifistes. Et qu'il fallait aussi un certain courage à cette jeune Capra pour signer un tel document. Le sujet ne présentait aucun rapport avec son dossier, mais ça lui donnait sacrément envie de rencontrer Angela Capra. Et vite !

6

La cathédrale

« T'avais bien rendez-vous avec Angela Capra ? »

Le message de Racine s'affichait sur le portable de Magali alors qu'elle s'offrait une soirée au grand Rex. Avec Stephen King. Pas vraiment en tête-à-tête : il y avait aussi dans la salle deux mille de ses fans. Fans de King, pas de Magali.

La journaliste avait demandé en effet à Bergeron son aide pour rencontrer son ex, laquelle connaissait le Paris américain sur le bout des doigts. Elle venait de publier un petit essai, *Hemingway à Paris*, qui avait bien marché. Rendez-vous avait été pris.

Magali ne comprenait pas vraiment la question de Racine et se contenta de taper bêtement *yes*.

Réponse immédiate : « Ça va pas être possible. »

Ce ton un brin pète-sec, que le libraire-expert aimait se donner parfois, avait le don d'agacer la jeune femme.

« ???

— Morte ! »

Magali Bourgeade ne réalisa pas tout de suite. Elle manipulait le portable tout en regardant Stephen King sur scène. Il avait quitté son manoir du Maine pour promouvoir son dernier livre. La venue à Paris de l'homme aux 350 millions d'exemplaires vendus était pilotée en partie par The European American Press Club. L'événement avait tout à fait sa place dans son enquête pour *Les Papiers Nickelés*. Au minimum, elle lui consacrerait un bel encadré. Et puis elle devait reconnaître qu'elle avait aimé *Carrie*, roman fondateur de King, l'histoire de cette fille persécutée par une société de médiocres, mais qui prend sa revanche. Et chaque fois qu'elle le pouvait, elle re-regardait *Shining*... Le Rex faisait salle comble, les places avaient été retenues et payées de longue date. Dans le public, il y avait autant de lycéens en totale adoration que de sommités universitaires et de journalistes de renom.

Concentrée qu'elle était sur le King, plutôt drôle sur scène, citant Zola, saluant Clouzot, Magali avait un peu de mal à prendre au mot le message de Racine.

« Suis devant Rex, j'attends ! » écrivait à présent son ami.

Elle quitta la salle alors que le roi de la soirée disait sa passion pour *Le Bon, la Brute et le Truand*, un film qui « l'avait inspiré pour créer son propre mythe de l'Ouest » ! Mot pour mot !

Stephen King serait passé par le western spaghetti pour se construire son grand Ouest ? Magali Bourgeade en était là de ses réflexions sur l'imaginaire et ses infinies contorsions quand elle vit Racine. Il faisait les cent pas le long du boulevard, sous une batterie clignotante de sapins, de pères Noël et de bestioles qui devaient probablement être des rennes, mais ressemblaient plutôt à des lapins géants. Tout crispé qu'il était, le libraire, il ne voulut rien dire, demandant simplement à Magali de le suivre.

« Où on va ? »

Racine aimait tout en Magali, à commencer par sa voix. Une voix rauque, voilée, qui pouvait parfois ressembler à un râle de plaisir. Rien que ce son, et ce petit « où on va ? », c'était du miel, ça le troublait. Mais l'heure n'était pas à la causerie, ils étaient à la bourre et Racine répliqua :

« Tu verras bien.

— Bergeron est au courant ?

— Sais pas. Sans doute. J'imagine. »

Ils se rendirent à la cathédrale américaine. Racine avait été informé de cette mort un peu par hasard, en parlant avec le diacre John Flanner qui gérait le lieu, et qu'il connaissait bien, l'homme et le lieu. Récemment, il avait participé à la restauration d'un « Livre de la prière commune », datant du XVIe siècle, exposé dans l'église. Depuis, disons qu'il y avait ses entrées.

Au beau milieu de l'avenue George V, entre restaurants de luxe et hôtels princiers, et à deux pas de l'ambassade de Chine populaire, sévèrement gardée, la cathédrale de la Sainte-Trinité dressait sa flèche de 70 mètres, une des plus hautes de Paris.

Les deux visiteurs furent accueillis dans la nef par un tonitruant *We wish you a Merry Christmas !* joué à l'orgue central. Le bâtiment pourtant était vide ; il avait été fermé toute la journée, à titre exceptionnel, « cas de force majeure », leur dit John Flanner.

Dès l'aurore avaient défilé de drôles de paroissiens, des gens de la Crim et des magistrats, un toubib et un photographe, et toute une palanquée d'experts de la police scientifique.

John Flanner était vanné, mais, prévenu du passage de Racine et de son amie, il avait bien voulu faire un peu de rab et les recevoir.

« De toute façon, je devais tenir compagnie à l'organiste ! Il s'entraîne pour les fêtes. »

Caché dans les hauteurs, un musicien interprétait tous les morceaux du répertoire de Noël. John Flanner redit qu'il avait trouvé le corps à l'ouverture de l'église, à 9 heures, dans la chapelle des martyrs. Selon la police, arrivée aussitôt, la mort remontait probablement à la veille au soir ou à cette nuit. À présent, la victime devait se trouver dans un tiroir de la morgue. Le diacre confirma que c'était une journaliste américaine du nom d'Angela Capra. Une dame d'un certain âge. Son aide pensait l'avoir remarquée la veille, en fin d'après-midi. Il y avait peu de monde dans l'église, elle était seule, mais semblait attendre quelqu'un car « elle était bien plus concentrée sur le portail d'entrée ou sur son ordinateur allumé sur ses genoux que sur ses prières ». Jerry, son assistant, assura la fermeture des portes, à 17 heures. Il était persuadé que l'église alors était déserte ; il assura avoir fait le tour des locaux : l'allée centrale, les travées, le chœur, les chapelles. Personne. Où était la dame à ce moment-là ? S'était-elle absentée ? Ou dissimulée ?

« Les policiers ont eu un peu de mal à croire Jerry, mais moi, je lui fais une totale confiance », assura John Flanner.

Toujours est-il que ce matin, sur la gauche du maître-autel, c'était le bazar. Des chaises étaient renversées, le coin était en désordre comme après une bousculade ; et la dame était à terre, blafarde. Son sac à main était près d'elle, l'ordinateur, lui, avait disparu. Sur le corps, pas de trace de sang ni de strangulation. John Flanner apprendra vite que la victime avait été étouffée par un de ces coussins qu'on trouve en nombre sur les bancs de la cathédrale, chacun aux armes d'un des États d'Amérique.

« C'était celui du Texas, le coussin ! », avoua-t-il, à voix basse, presque honteux ou comme s'il craignait d'être entendu des autorités d'Austin.

Fallait-il voir un message dans l'origine de ce coussin assassin ? « Il a été confisqué par la police, pour la salive et d'autres traces », murmura le gardien.

Et l'assassin, où était-il ? Car il y avait bien un assassin, on ne s'étouffe pas seul avec un coussin, dans une église, à Paris. Disparu l'étouffeur ! Une porte d'une sacristie, donnant sur un cloître mitoyen, avait été forcée.

« Étouffée ?! »

Magali Bourgeade avait du mal à s'imaginer le crime. Angela Capra, d'après ce qu'elle en savait, n'était pas une enfant de chœur. Que la Sainte-Trinité lui pardonne ce petit blasphème ici et maintenant ! Elle avait dû se défendre, Capra ; et il avait fallu une drôle d'énergie à son agresseur pour en venir à bout. La pigiste se dit encore que cela ne ressemblait pas vraiment, cette affaire de coussin, à un crime prémédité. Ça sentait plutôt l'improvisation, genre coup de sang et recherche subite d'une arme, de circonstance, n'importe laquelle. Un crime de voleur ? Pour un ordinateur ?

« Et l'ambassade ? Ça dit quoi ? » s'inquiéta Racine, anormalement discret.

Ça ne disait rien, c'était l'omerta totale, mais les diplomates étaient très nerveux, prétendait la rumeur. Deux agressions de compatriotes en très peu de temps, ça commençait à bien faire.

Ils prirent congé alors que tombaient opportunément du ciel les notes de *Douce Nuit*.

7

Napalm

« Du napalm ?! »

Racine faillit s'étrangler sur son portable.

Magali Bourgeade venait de l'appeler du journal pour lui faire passer l'incroyable information : le liquide avec lequel on avait aspergé Ernest Medina au California l'autre soir était du napalm. « En tout cas, ça y ressemble fortement. » C'est ce que disait une rumeur persistante dans les milieux américains de Paris.

Le libraire ne comprenait pas : « Attends, on peut pas se balader avec une bombe au napalm dans la poche, tout de même ? Ni même avec un lance-flammes ?! C'est quoi ce délire ?

— Une bombe, non, mais chacun peut fabriquer du napalm chez soi.

— Déconne pas.

— Va sur Internet, tu verras, il y a des recettes, toutes simples, avec photos à l'appui, ou comment faire son napalm soi-même. Ça semble beaucoup plus simple que de faire une mayonnaise ! Napalm = mélange d'essence et de polystyrène. T'obtiens une espèce de glu qui demande plus qu'une allumette…

— C'est dingue, mais pour quelle raison faire du napalm ?

— Je sais pas moi, les raisons qui ont motivé un cinglé à cramer son voisin au California, par exemple. »

Tout en écoutant la journaliste, Racine faisait défiler sur son écran les mille et une démonstrations des « napalmistes ». Il y avait là tout un catalogue incroyable de cinglés qui exhibaient leurs éprouvettes, décrivaient les moindres étapes de leur mixture, comparaient leurs résultats. Des Folamour en miniature ?! Magali Bourgeade tira le libraire de sa morbide exploration :

« Et si je dis napalm, tu me réponds ?

— Vietnam. Ça rime, enfin presque !

— Bingo ! "J'aime l'odeur du napalm au petit matin, elle a une odeur de victoire !" C'est de qui ?

— Ça, je connais, enfin j'ai connu, mais là, tout de suite, j'identifie pas.

— *Apocalypse Now*, Coppola. Mon film culte. Enfin, un de mes films cultes. C'est le lieutenant-colonel Kilgore qui parle. Kilgore, tu vois ? Un agité de la gâchette, capable de raser un village côtier pour pouvoir faire son surf peinard. »

Magali repensa au poster[1] qu'elle avait gardé longtemps dans sa chambre d'étudiante, la photo noir et blanc d'une fillette nue, en pleurs, bras écartés, sur un sentier au milieu de nulle part, fuyant un horizon de nuages noirs et de villages incendiés.

« Quel rapport ? reprit Racine. Avec Ernest Medina, je veux dire.

— Y a un rapport, un sacré rapport, même ! »

La journaliste des *Papiers Nickelés* avait trouvé en effet des bouts de bio du sieur Medina. En trois ou quatre liens, elle était passée du marchand d'armes à l'Indochine, une région que le bonhomme

1 - NDLE *La petite fille brûlée au napalm*, photographie de Nick Ut prise le 8 juin 1972.

connaissait bien. Car il avait « fait » le Vietnam, pas très proprement, semblait-il…

« Parce que tu crois à la guerre propre, toi ?

— Non, mais tu me comprends. Il avait eu des "problèmes" avec sa hiérarchie, on ne nous dit pas trop lesquels, mais on peut imaginer. Il s'était fait remonter les bretelles pour "fautes", il avait même été condamné. C'est dire si sa guerre à lui, Medina, était plutôt sale !

— Il a fini en taule ?

— En fait Richard Nixon, le président de l'époque, l'a gracié aussitôt. Ernest Medina, ensuite, s'est toujours présenté comme un simple exécutant au service d'un état-major qui voulait "ramener [le Vietnam] à l'âge de pierre"[2].

— Vieille histoire… Mais la guerre est finie, non ?

— Peut-être pas pour tout le monde.

— Tu penses à Mowgli ?

— Tu l'as dit, bouffi.

— Sois polie, gamine ! »

Au journal, Régis Bergeron se traînait comme s'il avait été débranché. On aurait dit un patient en traitement lourd déambulant dans les couloirs d'une clinique psy. Un moment, le rédac'chef s'encadra dans la porte du bureau de Magali. Il était totalement bouleversé par la disparition d'Angela Capra.

Dix ans de vie commune, ça laissait des traces. « Elle n'avait toujours pas déménagé tous ses bouquins » grimaça-t-il. Il en reste encore sur *L'Andante*.

Magali réalisa que ses propres livres étaient en attente, dans des cartons, à la consigne de Saint-Lazare.

Angela Capra et Régis Bergeron avaient continué de se voir, de loin en loin, mais Angela ne lui disait pas grand-chose de ses enquêtes. Elle avait juste laissé entendre qu'elle était sur une « filière ». Mais une filière de quoi ? De coke ? De timbres-poste ? De pédophiles ?

2 - Déclaration du chef d'État-major américain.

Filière : succession de degrés à gravir, d'étapes à franchir, de formalités à accomplir, etc., qui se suivent dans un ordre immuable, dit le Larousse. C'est vague. Et intrigant.

« C'est pour ça tu m'as proposé ce titre pour le dossier ?

— C'était à peine une suggestion, tu sais.

— *No problemo* ; on va le garder, c'est clair, ce sera comme un hommage, tu vois, comme une dédicace. Et l'enquête sur Angela, tu sais des choses ?

— Rien, on ne me dit rien. Officiellement, je ne suis pas dans le coup, la police n'a rien à me dire. Si, une chose : j'ai appris qu'Angela était à la soirée du California.

— Le soir où Medina a pris feu ?

— Comme tu dis.

— Et pourquoi elle était là ?

— C'est ce que les flics m'ont demandé. Si je le savais… »

8

Le fauteuil

Le meuble étrange s'appelait « un fauteuil de volupté ». Il trônait, au milieu de la petite chambre toute en bois roux, au milieu de quelques cartons de livres. De l'unique hublot, voilé, tombait une pâle lumière. On était dans la seconde pièce des soutes de *L'Andante*, celle qui restait ordinairement fermée. La clé était accrochée au mur de l'espace cuisine avec une minuscule étiquette où il était marqué « cale ». Régis Bergeron n'avait rien dit à ce propos, rien interdit non plus. Magali n'avait pas eu l'idée de l'utiliser, jusque-là.

Elle découvrit le curieux objet. Il se composait d'un socle de bois peint, doré, bien rembourré, recouvert d'un tissu japonisant, sorte de tapis de sol, surmonté d'une selle, posée sur quatre pieds ; ce siège, long, pareillement confortable, était dans les mêmes tons. Plusieurs accoudoirs, couleur bronze, six en tout, quatre autour de la selle, deux autres plus petits, à ses pieds, complétaient l'ustensile. Un esprit porté sur les sciences se serait dit que cela ressemblait, vaguement, à une chaise d'accouchement ou à un siège gynécologique. Une âme plus poétique y aurait vu une sorte de grand animal mythique aux très longues cornes.

Appelé un peu plus tard à la rescousse, Racine connaissait. Il connaissait tout cet homme, cela devenait agaçant. Il livra ses commentaires en pouffant.

Le fauteuil était l'exacte réplique d'un siège réalisé au début du siècle précédent par un artisan du faubourg Saint-Antoine, Louis Soubrier. L'appareil fit alors les délices de maisons closes et la joie de glorieux invités. De la cour d'Angleterre notamment.

Ainsi éclairée, Magali considéra la bête à cornes avec sidération. Elle avait beau s'en défendre, elle imagina aussitôt Régis Bergeron et Angela Capra se livrer à des joutes amoureuses sur « le Soubrier » et elle en ressentit un profond trouble ; elle violait l'intimité de son hôte, elle entrait dans une histoire qui n'était pas la sienne. Cette pièce appartenait à des fantômes. Elle invita Racine à quitter les lieux, ce qu'il fit en bougonnant, car lui semblait tout disposé à expérimenter aussitôt l'engin, et elle referma la pièce à clé.

9

Le buffle

« Mme Bourgeade ? M. Zamora, service Sécurité de l'ambassade des États-Unis, Ignacio Zamora. »

L'effet de surprise passé, la journaliste réalisa qu'elle avait bien le type de la sécurité de l'ambassade au bout du fil.

Elle avait fait, plusieurs jours auparavant, des démarches pour rencontrer l'ambassadeur, James Clappier, des démarches limitées, c'est vrai, car elle s'était arrêtée aux gendarmes français pour leur remettre une lettre, et elle pensait sincèrement que cela ne donnerait rien. Erreur. Ça donnait au moins cette invitation du camarade Ignacio Zamora à déjeuner au Harry's Bar. Aujourd'hui même. Finalement on ne la traitait pas trop mal, ou disons que l'avenue Gabriel la prenait un peu au sérieux, c'était déjà ça.

« On était la semaine de Thanksgiving, le bar allait sans doute leur servir les restes de la dinde », se dit-elle, mauvaise langue.

Magali avait lu et entendu des choses sur Zamora et son équipe de l'ambassade, le fameux « Service », toujours mentionné avec un S majuscule et plein de guillemets. Ignacio Zamora assurait la sécurité de l'ambassadeur et de sa famille. De faux cow-boys et de vrais machos, disaient quelques reportages que reprenaient plusieurs sites, décrivant ses membres comme de grands consommateurs de putes et d'alcool, volontiers goujats, allant jusqu'au refus de payer après avoir consommé.

Ce qu'elle ignorait, Magali, c'est que Zamora en avait fait un peu trop, dans le genre olé olé, et que face à ses patrons, il se trouvait à présent dans le pétrin. Quelques semaines auparavant, en effet, le concierge de l'hôtel Saint-Honoré, situé à mi-chemin entre l'Élysée et la résidence de l'ambassadeur, faubourg Saint-Honoré précisément, appelait la police pour signaler qu'un citoyen américain tentait de forcer la porte d'une chambre qu'il venait de quitter, mais où se trouvait toujours une jeune femme, laquelle, pour des raisons qu'on ignorait, refusait de lui rouvrir. En fait l'homme, Ignacio Zamora précisément, avait une arme de service dont il avait retiré les balles, durant son séjour dans la chambre. Sage précaution, dira-t-on. Simplement, une fois sorti de la pièce, il s'aperçut qu'il avait oublié de récupérer les projectiles. Barouf, refus, scandale, police. La chose s'était sue. Il n'avait pas (encore) été sanctionné, mais disons qu'il était fort embarrassé. Aussi, quand l'ambassadeur James Clappier lui demanda de se mettre en chasse de « Mowgli » – on appelait désormais ainsi le cinglé du California, qui devait donc être l'extra –, lequel avait incendié un citoyen américain, Ignacio Zamora, empressé, accepta. Il était bien décidé à faire du zèle.

Magali arriva en avance au Harry's. Le coin n'était pas désagréable. Un centenaire qui savait se tenir. Toute la décoration, boiseries d'acajou, cuivre, fanions et cadres, miroirs et lumière, racontait l'histoire d'un bar new-yorkais qui avait été démonté morceau par morceau et reconstitué à l'identique à Paris en 1911. Du moins, c'est la légende qui courait. L'inévitable Ernest Hemingway avait testé tous les cocktails de l'endroit – ce bonhomme était décidément passé partout –, mais l'esprit d'Hemingway était-il toujours au rendez-vous ? Ça, c'était moins sûr ; ça sentait plutôt le bobo peinard et le jeune rentier que le client mythique. Une coquille vide, grinchaient certains.

La jeune femme en était là de ses cogitations quand une sorte de géant lui fit face :

« Mademoiselle Bourgeade ? Ignacio Zamora.

— Alors là, faites gaffe, vous êtes en France, le mademoiselle est interdit. Depuis peu. »

Elle ripostait vite et l'autre ne savait pas si c'était du lard ou du cochon. Vu de la banquette, le type était une armoire à glace. Magali était trop jeune pour le comparer à Eddie Constantine quand il jouait Lemmy Caution. Sa référence à elle, pour ne parler que de masse, de volume, c'était plutôt le « Chef », ce géant indien de *Vol au-dessus d'un nid de coucous*, le Chef Bromden, interprété par Will Sampson, une force de la nature. Surtout comparé aux actuels voisins de table qui avaient le look d'endive à la mode, demi-chauve, barbe de trois jours, épaules effondrées et costar étriqué. Ignacio Zamora était un buffle, mais l'animal parlait un français sans accent et savait se tenir, quand il voulait.

« Je plaisante, reprit la journaliste. Qu'est-ce qui me vaut cette invitation ? »

Rassuré, Ignacio Zamora soupira :

« Vous avez déposé une demande de rencontre avec l'ambassadeur, M. James Clappier, je crois ? M. l'ambassadeur est désolé, il ne lui est vraiment pas possible de vous recevoir ces jours-ci, trop de rendez-vous, trop de passages de personnalités, trop de tout, l'Irak, le terrorisme, le commerce mondial… mais il m'a expressément demandé de le représenter, si vous le voulez bien. »

Furtif clin d'œil, sourire aux oreilles, zygomatiques très sollicités, rides heureuses en pattes d'oie au coin des lèvres, le grand jeu.

Elle eut droit à un petit couplet sur la politique de transparence de l'ambassade.

« Le service d'accueil, je le reconnais, a parfois l'air un peu musclé, mais il ne faut pas se laisser impressionner, c'est un jeu, tout le monde joue à se faire peur, mais ça reste un jeu. »

On passa au menu, soupe de potiron et dinde rôtie avec sa farce au bourbon. Le colosse lui parla de Thanksgiving (et de ses principes de charité, solidarité, empathie). Puis, sans transition, il désigna les couples qui déjeunaient dans la salle et lui fit un petit cours de sociologie appliquée, marquant la différence entre les femmes *made in US*, « le tailleur bleu, à main droite », au charme « fonctionnel » selon lui, et les Françaises, « la rousse, là, derrière », au charme coquin.

Il était bavard, Magali le laissait venir. Il attaqua un long développement sur la remontée de l'image américaine dans l'opinion française avec Obama. « On est passé de 11 % à 88 % d'opinions positives, vous savez ! » Il dégustait ces pourcentages comme s'il s'agissait d'un bon whisky.

Il avait l'air trop sûr de lui, Magali chercha à le titiller. Elle songea alors à cette phrase d'Edgar Poe, « L'absence de génie en Amérique doit être attribuée au continuel harcèlement des moustiques », mais elle ne trouva pas le moyen de caser cette sortie dans la conversation.

Au dessert (*cheesecake* ou gâteau au fromage), Ignacio Zamora changea de ton et fit remarquer à Magali qu'elle avait été repérée par ses services, dans l'équipe de tournage d'Arte, à la résidence de l'ambassadeur. Il prit un air grondeur, dit qu'il ne lui en voulait pas trop, mais que « ça ne se faisait pas ! »

Silence. Le *cheese* ramollissait. Ils le liquidèrent.

« Surtout en ce moment. »

Nouveau silence.

« Avec tous ces faits-divers. Et ces terroristes. »

On passa au café puis :

« On m'a dit que vous enquêtiez sur l'incident du California ? »

On passait aux choses sérieuses. Comment ce type était-il au courant ? Avait-elle été trop bavarde, notamment dans ses mails avec l'un ou l'autre des expatriés ?

« Monsieur Medina est dans un triste état. C'est pas sûr qu'il s'en sorte, vous savez, ou alors avec une sacrée tête de zombie, au mieux ! C'était quelqu'un, imaginez-vous. Vous voyez, j'en parle déjà au passé ; c'était un vétéran de guerre, un grand soldat !

— On peut l'appeler comme ça ! »

Il la regarda, il avait l'air de réfléchir à toute vitesse. Magali n'avait pas répondu à sa question sur l'enquête que déjà il enchaînait :

« Et Mme Capra ?

— Oui ?

— Vous enquêtez aussi sur la mort de Mme Capra ? »

Elle entendit cette fois la nouvelle question comme une alerte. Rouge. Il savait tout, ce con, ou il bluffait ? Leur passage à la cathédrale, avec Racine, lui avait été rapporté. Il le dit d'ailleurs. Elle répliqua qu'elle n'enquêtait pas vraiment, qu'elle n'avait fait qu'accompagner un ami à la Sainte-Trinité, ce jour-là, que ça n'avait rien à voir avec son dossier, elle avait presque oublié le nom de la dame, d'ailleurs. Mais ses mots sonnaient faux et elle préféra la mettre en veilleuse.

Il fit semblant de la croire ; puis il ajouta tout à trac :

« Vous croyez que tout ça a un rapport avec le Vietnam ? Parce que moi, voyez-vous, je le crois. Vous aussi, non ? »

Magali n'avait pas du tout envie de le suivre sur ce terrain, et laissa passer un ou deux anges. L'expérience lui avait montré que dans des passes compliquées, valait mieux se taire, quitte à passer pour une idiote, une limitée du bocal, que de ratiociner au risque de se couper. Et de se planter. Silence donc, puis elle rebondit en l'interrogeant, narquoise, sur la manie américaine d'espionner tout le monde tout le temps partout. Genre NSA. *Via* Google. Entre autres.

« Les Français n'apprécient pas trop, glissa-t-elle, à peine provocatrice.

— Les Français, les Français, réagit-il, vous savez à quoi ça me fait penser, les Français ?

— Allez-y, dites-moi.

— Au film *Casablanca*…[1] »

Elle ne vit pas le rapport.

« *Casablanca*, avec Bogart et Bergman. Dans le film, le Français est un flic corrompu… »

Qu'est-ce qu'il voulait dire, le buffle ? Il prenait les Français pour un troupeau de ripoux ? L'Américain sentit que son trait faisait flop, il changea de registre. Et assura qu'on exagérait avec cette histoire d'espionnage, que la relation des deux pays « en matière de coopération contre le terrorisme n'avait jamais été aussi bonne ». Sur sa lancée très langue de bois, il ajouta :

« Les affaires Wikileaks et NSA ne sont pas des dossiers franco-américains et doivent être traitées de façon globale[2].

— Si vous le dites. »

Il passa la fin du repas à la draguer, sans vergogne, parla de sa propre famille, s'inventa une jeunesse quasi gauchiste. Chemise à fleurs, fumettes… Dans le feu de sa démonstration, il lui toucha la main, le bras, l'épaule, lui fit les yeux câlins, le sourire béat, la voix chaude, il sortit tout son petit attirail en peu de temps, elle écoutait et surfait sur les vapeurs du bourbon. Elle imagina, l'espace d'une seconde, le buffle qui lui faisait face allongé sur le fauteuil de volupté, dans la cale de *L'Andante*. Elle sourit, il prit sa mimique pour un encouragement, en rajouta dans le rentre-dedans. Soudain elle trouva que le face-à-face avait assez duré et laissa tomber, sa phrase était sèche comme un communiqué de la Cour des Comptes, qu'elle aimait les femmes, elle

1 - Comparaison utilisée par le patron de la NSA devant les parlementaires américains quand on lui parla des remous provoqués en France par le scandale des écoutes.

2 - *Dixit* l'ambassadeur américain dans un entretien au *Figaro* du 21 novembre 2013.

n'aimait QUE les femmes. Qu'est-ce qui lui avait pris de dire ça ? C'était ridicule. N'empêche, le message fit mouche. Ignacio Zamora sursauta, opina drôlement du chef et… demanda l'addition. Il se reprit, car il fallait rester professionnel, et accompagna Magali, sur un mode cool, jusqu'à la station Opéra. Il s'excusa de la quitter ainsi, mais l'ambassade était débordée, on attendait une grosse pointure, dit-il.

« Je ne devrais pas en parler… Allez, ce sera mon cadeau de Noël à la journaliste que vous êtes : Kissinger, Henry Kissinger doit arriver ces jours-ci. »

Bises copines sur les joues, puis il disparut.

10

Wagram

C'était la première fois que Magali visitait la salle Wagram. À deux pas de l'Arc de Triomphe, cette ancienne guinguette ne manquait pas d'allure. Avec ses deux galeries d'étages, ses lustres de Bohême, ses balustres et ses colonnades, on aurait pu se croire dans une salle Second Empire. Ça tombait bien, c'en était une. Les Américains présents adoraient. L'ambassadeur rêvait sans doute de se lever pour entamer un quadrille comme un personnage d'*Autant en emporte le vent*. Mais pour l'heure tout le monde restait à table. La FAF, la Fondation Américano-Française, tenait sa réunion annuelle. Six cents convives, répartis en une cinquantaine de tables rondes sur ce plateau qui fut aussi bien le ring du premier combat de Marcel Cerdan que la salle d'exposition des nazis, pendant l'Occupation, sur « Le Bolchevisme contre l'Europe ».

Une armada de serveurs n'en finissait plus de slalomer entre les tables. Aujourd'hui, il n'y avait que du beau linge. La moitié du CAC 40 au moins tchatchait avec les représentants des plus grandes multinationales yankees.

Magali se sentait légère, allègre. Elle s'était mise sur son trente-et-un, noir de chez noir, robe de soie très décolletée, escarpins bout pointu et haut talon.

Pour se retrouver ainsi au milieu du gratin transatlantique, elle s'était fait passer pour la représentante de L'Auréole, LA marque de parfum française. C'est dans un taxi, tout bêtement, qu'elle avait repéré, sur le siège arrière, le carton d'invitation qui traînait, sans doute tombé du sac à main de la précédente cliente. Aussitôt vu, aussitôt fait, elle avait escamoté le bristol. La véritable destinataire de l'invitation devait être, présentement, en train de faire un scandale à l'accueil de la salle.

La pigiste partageait la table du vice-président. De la FAF. Son voisin de droite. Wagram, lui dit-il, volubile, était très recherché par les soldats américains, après 1945, venus écouter les gourous du jazz, Sidney Bechet, Louis Amstrong, Duke Ellington, puis Lionel Hampton, Bud Powell, Django Reinhardt.

« Ce pays pouvait avoir du bon », réagit Magali.

Le vice-président sourit, il n'était pas sûr d'avoir bien compris.

Il voulut la questionner sur les derniers parfums en vogue, les plus subtiles fragrances du moment, les plus exportables aussi. Elle botta en touche et relança le notable sur l'image de la France aux USA ; elle avait entendu parler de certaines campagnes de presse, où l'on imaginait des quartiers entiers de Paris devenus inaccessibles au commun des mortels, véritables coupe-gorges, ou celle des *freedomfries*, les frites de la liberté américaine, les frites libres, donc, censées remplacer les *french fries.*

Ce boycott était déjà de l'histoire ancienne, sourit, apaisant, le vice-président, qui ajouta :

« Les Américains voudraient aimer plus la France.

— Et qu'est-ce qui les en empêche ?

— C'est que les Français ne sont pas assez Américains.

— En effet, ça se tient. »

Un ange atlantiste passa.

Le repas commençait à traîner en longueur. Magali n'était pas sûre d'y trouver son miel. Son voisin de gauche l'intriguait, un autre intrus à sa manière. Cet élu de la proche banlieue voulait nommer une rue de sa ville Mumia Abu-Jamal, détenu afro-américain, condamné à mort pour des faits qu'il réfutait. L'élu n'avait pas compris pourquoi l'association l'avait invité ; pour le faire changer d'avis ? Ou pour voir à quoi pouvait ressembler un Français qui se prétendait en somme solidaire, en 2015, des Panthères noires ?

Entre « bêtes à part », ils s'amusèrent…

Elle lui parla du dossier des *Papiers Nickelés* sur lequel elle travaillait :

« Alors cela pourrait vous intéresser », lui dit-il, lui confiant une grande enveloppe. Elle voulut l'ouvrir, il l'arrêta :

« Vous lirez ça plus tard, au calme, chez vous. »

11

Le départ d'Émile

Boulevard de la Bastille, le boulodrome, en terrasse, surplombait le port de l'Arsenal. Une petite tribu de boulistes s'activait : ici, on la jouait blasé. Les joueurs donnaient l'impression de considérer leur propre sport comme une ridicule gesticulation. C'était comme s'ils sacrifiaient à un rite futile, presque en s'excusant. « Faut bien que vieillesse se passe », disaient leurs rares regards aux passants. Mais en vérité chacun, l'air de rien, mettait toute sa science, qui était grande, toute sa concentration dans ses tirs ou ses manières de placer.

Le jeu les absorbait tellement qu'ils ne remarquaient même plus Charles-Édouard, hiératique, le nez en l'air, passant du trot au galop sur son cheval imaginaire, tout le long du boulevard. Magali contemplait Racine qui jouait dans une équipe de retraités portugais, petits, placides et efficaces, bérets et pulls tricotés, genre papys tueurs, mais froids, des taiseux, contre un trio de longs bellâtres, casquettes de capitaine et petit foulard Hermès, volontiers ricanants. La lutte des classes version pétanque ! « Je pointe ? Je tire ? » Racine hésitait. « Tu places, doucement », lui susurra un Lusitanien. Il devait se tenir à carreau, ses partenaires étaient au top.

Alors que Racine venait de chambouler le jeu en expulsant le cochonnet au diable vauvert, sans aucune préméditation, Cao se présenta sur le bord de piste. Elle se tenait très droite, deux nattes noires dressées vers le ciel, dans un duffle-coat rouge ; elle était sans âge. On aurait dit un petit chaperon rouge tombé du ciel.

« Vous ici ? la salua Magali, moyennement hospitalière.

— Monsieur Racine m'avait laissé son téléphone, je l'ai appelé, il m'a proposé de passer. »

« Il se fait appeler Monsieur Racine, c'est ridicule ! » s'agaça Magali. « Et elle a son téléphone ?! Mais qu'est-ce que la "Chinoise" fait là ? Est-ce qu'elle vient pour le fauteuil de volupté ? Racine serait bien capable d'avoir manigancé quelque chose ; ce type aime décidément les histoires scabreuses. »

Le libraire commença par regarder ses chaussures… puis il rassura Magali, un peu :

« Mme Cao a des problèmes. Avec son mari. Je lui ai suggéré de venir nous voir. J'avais oublié de te le dire, désolé.

— Elle a un mari ?

— Ben oui, quelle question ! C'est si saugrenu d'avoir un mari ? C'est même le cuisinier du Bagel. Enfin, c'était…

— Et alors ? Il s'est tiré ? Qu'est-ce qu'on peut y faire ? »

Magali s'étonnait de sa propre agressivité. Elle se découvrait bêtement jalouse. De son petit taureau Racine ! Elle avait beau regretter le ton employé, les mots lui échappaient.

« Des maris qui se tirent, ça arrive tous les jours, Madame Cao. En général, ils reviennent. Assez vite. »

Racine comprit qu'il devait quitter le jeu, ce qu'il fit sous les protestations de ses partenaires qui le remplacèrent illico par un petit bonhomme en jean et chemise blanche malgré la saison, le sourire figé, mais la boule sûre.

Cao, qui encaissait les piques de la journaliste, semblait impavide, mais elle ne cessait de se frotter les mains sur son manteau. Magali ne savait plus où se mettre ni comment s'excuser de sa grossièreté. La restauratrice expliqua la raison de sa visite : Le Bagel avait eu la visite d'un flic américain.

« Un flic américain ?

— C'est comme ça qu'il s'est présenté.

— Mais il ne sait pas qu'on est à Paris ? Il se croit dans un téléfilm ?

— Je n'ai pas retenu son nom, il ne m'a rien laissé, pas de carte, pas de téléphone. »

À sa description, « un géant, plutôt grande gueule », Magali pensa aussitôt à Ignacio Zamora.

Elle réalisa que depuis son déjeuner au Harry's Bar, elle avait eu, par moments, le sentiment d'être surveillée, suivie ; mais elle avait mis ça sur le compte d'une tendance parano qui lui était assez naturelle. Le mal partout, derrière tout, tout le temps… Racine la rassurait toujours avec cette sortie, vraie ou fausse, de Lacan : « Seul le paranoïaque perçoit tout. » Ce qu'elle percevait, pour l'heure, c'était s'être rendue plusieurs fois au Bagel, dernièrement. Pour déjeuner, pour faire parler Cao de quelques recettes à mettre dans le dossier, mais aussi pour bavarder avec des clients américains de passage, qui se prêtaient volontiers au jeu, à propose de leur vie parisienne.

Et elle y avait sans doute conduit le buffle de la sécu. Qui devait la filocher. Ou la faire suivre. Bravo !

Sans vergogne, Ignacio Zamora, si c'était bien lui, avait harcelé Cao. Il l'avait prise pour une Américaine. Curieusement, elle ne l'avait pas démenti.

« Il m'a questionnée sur vous, Mme Magali Bourgeade, il m'a montré des photos de vous, m'a demandé qui vous fréquentiez… il m'a parlé de gens étranges, de Mowgli, de Capra… »

Cao était restée fermée comme une huître de la baie d'Halong, assura-t-elle, et Ignacio Zamora avait fini par décamper, mais Émile…

« Qui ?

— Mon mari. »

Émile, de la cuisine, avait dû entendre la conversation, Cao l'avait vu ensuite littéralement paniquer, quitter sa tenue de travail, enfiler sa moumoute et se sauver. Il n'y avait pas d'autre mot, il s'était sauvé.

« Il a fait quoi, votre mari, pour s'agiter comme ça ? Il a un problème ? Avec le fisc américain ? »

Racine se voulait désinvolte, il était ridicule. Magali, gênée, se taisait. Et Cao laissa tomber :

« J'ai peur ! »

Elle ne comprenait pas ce qu'il se passait, ce brusque enchaînement des événements la dépassait. Elle se sentait prise dans une sorte de piège où Magali et Racine devaient probablement jouer un rôle…

« C'est vous qui m'avez attiré des ennuis, non ? »

Les deux compères se regardaient, devinaient l'embrouille, une pelote d'embrouilles, mais ils ne savaient pas bien sûr quel fil tirer.

« Aidez-moi, s'il vous plaît », reprit simplement la restauratrice.

12

La Tonkinoise

Des hurlements provenaient de la fête foraine toute proche. Des manèges de l'extrême propulsaient des jeunes gens dans les airs. Magali et Cao regardaient la catapulte et la roue géante qui expédiaient leurs nacelles très loin au-dessus du port. L'effet devait être vertigineux. La journaliste, radoucie, prit la patronne du Bagel par les épaules, avec précaution, et l'encouragea :

« Parlez nous d'Émile.

— Pourquoi ?

— C'est lui qui s'est sauvé, non ?

— Vous croyez que c'est à cause de ça ?

— À cause de quoi ? »

Cao consulta son portable, fit défiler des images. Elle s'arrêta sur un cliché aux couleurs passées où l'on voyait un militaire, souriant, sur fond de plage et de palmiers. L'uniforme de la marine U.S. Le Vietnam.

« Décidément », se dit Magali.

« Qu'est-ce qu'Émile faisait au Vietnam ?

— Miles faisait la guerre ; puis il a déserté.

— Miles ou Émile ? »

Le mari de Cao se nommait Miles Robeson, citoyen américain, mais il s'était fait faire, peu après sa venue en France, des faux papiers français, au nom d'Émile Toucher. Miles n'avait jamais beaucoup parlé de sa guerre, il n'aimait pas ça.

« Ce que je sais, c'est qu'il était plutôt pacifiste et qu'il avait vécu là-bas un vrai cauchemar. »

Alors, pour sa première permission, comme il passait par la base d'Augsbourg, en Allemagne Fédérale, il a déserté. En stop, il s'est rendu en France. Arrivé dans la capitale, il s'y évapora. Ce n'était pas bien difficile à l'époque.

« C'était quand ?

— On était en 1971, en juillet 71. »

Ça chauffait pas mal dans ce Paris de l'après 1968, et la capitale était une ville accueillante pour un homme en fuite comme lui. Miles était arrivé porte d'Italie, où l'avait laissé la dernière voiture de son périple depuis Augsbourg.

« Il a échoué dans le restaurant que tenaient mes parents, La Tonkinoise, où "les animaux sont admis", disait une pancarte célèbre dans le quartier. Pourquoi là plutôt que dans un autre des mille et un troquets asiatiques du coin ? Mystère. Le destin. Mon père était très "HCM".

— HCM ?

— C'est ce qu'on disait à l'époque : il était très pro Ho Chi Minh. Le portrait de "l'oncle Ho" souriait au milieu des bouteilles d'apéro. Ma mère était plus réservée. Au bar de notre restaurant, Miles, et pas encore Émile, était tombé sur une jeune fille au visage d'une pâleur calculée, avec une petite bouche rouge vif, c'était moi ! »

Cao demanda alors à Miles ce qu'il voulait, elle parlait vite, il ne comprenait rien, sourit, timide.

« Il eut, je crois, un vertige. De l'amour ? »

Cao parlait comme un livre. Le déserteur était arrivé la semaine de la mort de Jim Morrison, et de son enterrement au Père-Lachaise. La presse ne parlait que de ça, plutôt en bien, même si elle pouvait raconter aussi des histoires incroyables sur le jeune poète américain. Certains disaient que cette mort était une mise en scène, que le cercueil était vide, que Morrison était parti au fin fond de l'Afrique, comme Rimbaud… Miles était un fan des Doors et surtout des poèmes de Morrison. Il en connaissait un paquet par cœur, comme *La célébration du lézard.*

« Miles me dira plus tard qu'il avait pris la disparition de son archange chanteur et l'apparition simultanée de son ange, moi, comme un signe, un double signe. Le destin, encore. »

Cette fille, cette ambiance, Morrison… Ce ne pouvait pas être, en effet, un pur hasard, pensait celui qui n'était pas encore Émile. Il devait rester ici, il resta. Il ne parlait quasiment pas français, mais il sentit qu'il allait se plaire dans cette ville. Cao, de son côté, était très amoureuse. Miles était grand, sexy, doux, timide aussi…

Magali sourit.

« Vous voyez James Stewart, l'acteur ? demanda la restauratrice.

— Vaguement.

— Émile, c'était son sosie. »

Il apprit le français, la cuisine, les faux papiers, la clandestinité : ensemble ils allaient tenir le restaurant familial.

« Les États-Unis ne lui manquaient pas, sauf la cuisine !

— Sans blague ! s'indigna Racine.

— Sans blague ! Il répétait que sans son breakfast à l'américaine, il ne tiendrait pas le coup, sans ce putain de jus de chaussette qu'ils appellent café ; sans ce café filtre qu'on vous sert sans fin, il allait sombrer, prétendait-il. Alors, à la mort de mes parents, on a vendu La Tonkinoise pour ouvrir Le Bagel et fabriquer du "jus" à volonté. »

La partie de pétanque, tout près d'eux, semblait encalminée depuis que Racine avait lâchement abandonné ses partenaires. Une boule se posait devant le cochonnet et toutes les autres s'alignaient derrière à la queue leu leu, comme aimantées, ou alors elles s'agglutinaient, pour former comme une grosse grappe de fer. Les tirs s'écrasaient lamentablement à droite ou à gauche du jeu. Rien n'y faisait. Toutes les parties se ressemblaient. Les Portugais complotaient avec d'étranges signes de la main, mutiques et sombres. En vain…

Racine regarda Charles-Édouard passer au trot pour la énième fois et filer à présent vers le boulevard Bourdon. Il avait des lettres, Racine, et se souvenait de l'*incipit* de *Bouvard et Pécuchet* : « Comme il faisait une chaleur de 33 degrés, le boulevard Bourdon se trouvait absolument désert. »

Il oublia Flaubert et revint dans la conversation. Cao ajoutait que Miles ne lui disait pas tout ; elle était sûre qu'il avait des secrets, une vie secrète. Ce n'était pas une histoire de femme, certainement pas, c'était autre chose. Elle n'avait jamais voulu le forcer, elle le respectait trop. Il aimait jouer à l'homme paisible, sans histoire, mais il recevait régulièrement des coups de fil laconiques, il fixait des rendez-vous avec un air un peu mystérieux, il s'absentait de temps en temps. Elle avait bien essayé de le faire parler, mais en vain. Alors elle laissait faire…

Quand il n'était pas derrière ses fourneaux, Miles chantait. Il participait à une chorale, le Gospel Team, avec son *alter ego*, disait-il, « un ami de 40 ans ».

« Remarquez, l'autre avait beau être son ami depuis quarante ans, il n'avait jamais mis les pieds au Bagel, jamais ! J'ai dû le voir une ou deux fois à des concerts, c'est tout. Je ne sais pas pourquoi. Ils se voyaient ailleurs. Un certain Bob Finnegan, un vrai nom de polar, non ? »

Les deux hommes se rencontraient un mercredi sur deux, l'après-midi, à l'église américaine, quai d'Orsay.

Le boulodrome grondait. C'était la zizanie au sein de l'équipe des « capitaines » qui venait de perdre. Les Portugais avaient le triomphe modeste, et toujours muet. Seuls de petits gestes furtifs trahissaient leur allégresse.

Cao allait repartir. « Le travail ! » Car elle devait à présent s'occuper, seule, de la cuisine et de la salle. Elle semblait cependant apaisée.

« Je compte sur vous pour m'aider à retrouver mon Miles, d'accord ? »

Ils se quittaient déjà quand Magali, pure intuition, lui demanda :

« Miles, ou Émile, il faisait des extras ?

— Ça lui arrivait, oui. Le Bagel, vous savez, c'est pas vraiment une affaire.

— Au California ?

— Au California et ailleurs », répondit-elle sans s'émouvoir.

13

Shady

Magali Bourgeade et Régis Bergeron papotaient sous le portrait de l'incontournable Ernest Hemingway, une tête de loup de mer, barbe grise, gros col roulé. Le rédac'chef avait pris dix ans en quelques jours. Il racontait à sa pigiste comment l'écrivain, en août 1944, depuis Rambouillet, à la tête d'une petite armée « privée » de résistants, avait servi d'avant-garde aux chars de la division Leclerc.

La grande salle de la librairie américaine, rue Lamou, se remplissait lentement.

« Angela aimait venir travailler ici », soupira Bergeron.

Il était vraiment malheureux, et frustré ; il ne disposait toujours d'aucune nouvelle officielle sur l'enquête concernant son ex-femme. Les affaires de cette dernière avaient été saisies dans la chambre qu'elle avait prise au California. Un des flics, qui se méfiait de lui comme de la peste – un journaliste, pensez ! – lui avait pourtant demandé s'il connaissait une personne du nom de Shady. Sans autre précision. Shady ? Quel drôle de nom. Comment peut-on s'appeler Shady ? Un homme ? Une femme ? Mystère ? Le nom figurait-il dans les affaires d'Angela ? Quelqu'un qu'elle pistait ? Qu'elle avait rencontré ? S'agissait-il de l'individu avec qui elle avait rendez-vous dans la cathédrale, le soir de sa mort ? Car elle y avait rendez-vous, c'est sûr. Avec son tueur ?

Régis Bergeron ne connaissait personnellement aucun Shady. Mais des Shady, rien qu'à Paris, il devait y en avoir des dizaines dans l'annuaire.

Racine, arrivé en retard et qui avait pris la conversation en cours de route, sourcilla. Shady, ce nom l'agaçait, ça lui disait vaguement quelque chose, mais c'était bien le problème : ça ne lui disait rien de précis. Un peu comme une chanson dont on a oublié les paroles. Shady ? Un nom sans doute lié à ses activités récentes, mais comme il s'éparpillait beaucoup, qu'il était un touche-à-tout, dans quel tiroir de sa mémoire devait-il fouiller ? Et où avait-il pu croiser un Shady ? Le brouillard. Il le dit.

« Alzheimer mon vieux, répliqua Magali, Alzheimer !

— Garce !

— Remarque, cette maladie n'a pas que des inconvénients. Tu sais ce que dit Bedos, elle présente même trois avantages. Un : t'as pas de mauvais souvenirs ; deux : tu vois que des têtes nouvelles ; trois : t'as pas de mauvais souvenirs… »

14

L'affaire Kissinger

Magali Bourgeade s'était rendue à l'Association France/États-Unis, avenue de New York dans le 16e arrondissement, entre l'avenue Kennedy et l'avenue Wilson, et pas très loin de la place des États-Unis, tout cela au pied de la tour Eiffel. Les Américains, se disait-elle, étaient bien servis, géographiquement parlant.

Arrivée bien en avance, comme à son habitude, elle s'était volontairement perdue dans les rues environnantes. Jusqu'à tomber sur la rue Lauriston ! C'est ici, au numéro 93, qu'avait sévi la Gestapo française. Elle était persuadée, allez savoir pourquoi, que cette rue, au goût de sang et de crapulerie, avait été débaptisée après la guerre ; il n'en était rien. Elle se figea en s'imaginant habiter là, et recevoir du courrier : « Mlle Bourgeade, rue Lauriston » !

La pigiste était à la recherche d'un guide du « Paris américain », devenu introuvable ailleurs, et elle pensait le dénicher à l'association. À l'accueil, une réceptionniste répétait, à destination d'un petit public, et pour la troisième fois, une délicieuse rumeur. Elle parlait de « l'affaire Kissinger ». Qui en fait était devenue l'affaire Zamora !

Elle s'y prenait très bien, on aurait dit qu'elle avait pris des cours de rhétorique. *Exorde* : le bruit avait couru que le vieux Kissinger devait donner, à Paris, une conférence sur la Syrie. On avait même parlé d'une soirée animée par Christine Ockrent. Beau duo de fantômes. La date, le lieu étaient annoncés. Le grand amphithéâtre de l'Université américaine, un prochain jeudi.

Magali ouvrait toutes grandes ses esgourdes. Elle repensait à la confidence de Zamora au restaurant, l'autre midi. « À l'ambassade… On a du travail…. La venue de… mais je ne devrais pas vous en parler… Henry Kissinger. »

La journaliste regardait l'employée de l'accueil attaquer à présent la *narration*. Pour mettre autant d'énergie à médire, l'autre devait certainement avoir des comptes, sérieux, à régler avec le bellâtre de la sécurité. Magali se demanda un instant si cette femme ne pouvait pas être la mystérieuse créature barricadée dans sa chambre, une certaine nuit, à l'hôtel Saint-Honoré et par qui le scandale arriva. La journaliste était aux anges, elle se faisait tout un roman. La fille qui lui faisait face était une rousse à la peau très blanche, et aux lèvres très rouges. Un beau brin de fille, très en colère. Si c'était bien la jeune personne de l'hôtel Saint-Honoré, rêvassait la journaliste, peut-être avait-elle gardé, en guise de trophées, les balles du buffle ?

La commère en était à la *division* : « L'annonce du "fameux" débat, disait-elle avec gourmandise, n'avait d'abord circulé que dans un cercle restreint. Quelques initiés étaient au parfum. Puis l'initiative suscita un intérêt proprement colossal. En effet, l'ancien secrétaire d'État de Nixon sortait rarement des États-Unis. Il avait bien trop peur de se faire alpaguer par la justice du Nord ou du Sud, le grigou. Trop de sang sur les mains, trop de gamelles au derrière, continuait la bavarde, rougissante. Trop de scandales, entre le coup d'État au Chili de Pinochet, les bombardements intensifs du Vietnam, les histoires avec les Tamouls, sans parler de ses propres affaires, point trop transparentes, semble-t-il. »

La dame de l'accueil tenait à présent un vrai meeting et sidérait son public si convenable. Elle abordait la phase *confirmation/réfutation* de son topo. Pourquoi donc cette histoire de débat ? La chose avait été totalement montée, fabriquée, inventée de toutes pièces par Ignacio Zamora. Celui-ci, disait la rousse, médisant avec un plaisir rare, était à la recherche d'un déserteur, un malade, caché à Paris, et qui prétendait buter les responsables américains de la guerre du Vietnam. Rien que ça ! L'assistance frissonnait, on nageait en plein roman d'espionnage. John Le Carré pouvait prendre des leçons. Henry Kissinger avait été le grand manitou de cette guerre asiatique, le grand ordonnateur du pilonnage. Donc, si on annonçait ce débat en sa présence, si on avançait son nom, l'autre, le malade, le nuisible, qui se pensait justicier devant l'éternel, allait s'y inviter. C'était automatique. Mécanique. Il serait là pour tordre le cou au politicien. Un attentat en direct en quelque sorte. Sauf qu'il tomberait dans un piège. Ignacio Zamora, le malin, paradait ; il pensait avoir tout prévu.

La dame entama sa *péroraison* : las, l'annonce de la venue de Henry Kissinger avait fait trop de bruit. Provoqué trop de vagues. L'ambassadeur avait dû intervenir publiquement et, dans un communiqué emberlificoté, il démentit la venue de Monsieur K. Mais il était furieux, et il régla son compte à son responsable de la sécurité, cet Ignacio Zamora qui multipliait les bourdes. Celui-ci avait été rappelé, en urgence, à Washington. Où il se trouvait présentement. « À la circulation », dit méchamment la belle hôtesse. Elle rayonnait de bonheur. Si elle avait pu, elle aurait sans doute explosé de rire !

Pause. Précaire. Le topo en effet avait attiré un nouveau public. Qui voulait savoir. Ignacio Zamora ? Henry Kissinger ? Qu'est-ce qui se passait ? La rouquine allait donc remettre ça. Ses lèvres en tremblotaient de plaisir.

« *Exit* Zamora », se dit Magali en quittant l'association. Et en oubliant le précieux guide qu'elle était pourtant venue chercher.

15

Gospel Team

Un bedeau demanda à Magali d'attendre. Bob Finnegan était occupé, l'église aussi. « Il y a un mariage japonais, mais c'est presque fini. » Elle patienta sagement à l'accueil. Les participants à la cérémonie finirent par quitter les lieux, accompagnés du pasteur, pour prendre, tous ensemble, une série de photos en bord de Seine. Des Japonais ? Mariés à l'église américaine ? Quai d'Orsay ? Sans doute une lubie de bobos d'Orient attirés par le gothique décadent.

Le public parti, le chœur resta en place ; il profitait sans doute d'être réuni pour s'offrir une répétition. Il y avait là une douzaine de chanteurs, cinq ténors, cinq voix de femmes, deux basses, une trompette ; tous étaient en habits de ville ; certains devaient être des Antillais, le reste, à en juger par la tenue, était purement américain.

Magali Bourgeade s'installa donc au dernier rang de l'American Church in Paris (l'ACP). Le groupe Gospel Team proposait des variations de chant liturgique, et les mélodies allaient des murmures aux vocalises improvisées. C'était plaisant, mais à petites doses.

À la fin de la répétition, le chef de chœur, un vieux Black bougon, chauve, costume de velours côtelé marron, la regarda venir. Il ressemblait, se dit Magali, qui était très monomaniaque dans ses références cinématographiques, au chef cuistot de *Shining*, Scatman Crothers.

« Vous me cherchez ?

— Je viens de la part de Cao.

— Connais pas !

— La femme d'Émile, Émile Toucher, je le cherche.

— En quel honneur ?

— Je ne suis pas de la police, si c'est ce que vous pensez !

— Mmmm… Émile n'est pas venu aux dernières répétitions ; que vous dire de plus ? »

Magali Bourgeade comprit qu'il fallait jouer franco. Elle dit qu'elle connaissait l'histoire d'Émile, ou de Miles Robeson, si on préférait. Elle était là pour l'aider et aider Cao, sa femme, qui se sentait totalement désemparée.

Bob Finnegan ne la regardait pas, saluait les membres du chœur qui se dispersaient, leur souhaitant bon retour. Un petit mot gentil pour chacun, il savait faire. Puis il laissa tomber :

« Qui vous dit qu'il a besoin d'aide, Émile ? Et puis comment pourriez-vous l'aider ?

— Disons qu'il vaut mieux qu'on le trouve avant les flics, ou les gens de l'ambassade. Vous me comprenez ?

— Je ne sais pas où il est passé, je ne peux rien vous dire.

— Vous le connaissez depuis longtemps ? Cao m'a parlé de son cauchemar vietnamien. »

Ils étaient à présent sur les marches du bâtiment, seuls. Le long du quai, les arbres étaient tout noirs et secs, comme s'ils avaient été foudroyés. Sur la Seine glissait, vers le pont de l'Alma, un large bateau mouche dont les sièges passagers étaient aux trois quarts vides. Bob Finnegan semblait se détendre un peu.

« Si ça vous intéresse, je peux vous parler de son expérience. Je parle d'Émile, bien sûr. Mais c'est tout ce que je peux faire. Il me l'a racontée un certain nombre de fois, il rabâchait même sur la fin, mais je le laissais dire, je sentais que ça lui faisait du bien. Chaque fois, c'était un peu comme un rituel. »

1971 : Miles Robeson est affecté à la 101e division aéroportée. Au cours de l'opération dite « Côte d'Ivoire », il se trouve dans un hélicoptère en qualité d'assistant-mécanicien du pilote, un certain Bud, Bob Finnegan n'a jamais connu son patronyme. Ils sont dans la région de Quang Ngaï, au centre du Vietnam. Paysage classique de campagne, tout un dégradé de vert, vert tendre du jeune riz, vert mat des palmiers, vert sombre de la forêt, vert noir des sous-bois. Bud avait repéré, en bord de jungle, des colonnes de fumée tout près d'un village. Il s'approcha de l'objectif. Et là, c'est comme s'ils étaient au balcon d'un massacre, qui se passait en direct : les soldats américains avaient encerclé le hameau, tiraient sur tout ce qui bougeait, humains et animaux, jeunes et vieux, hommes, femmes, enfants. Des marines pulvérisaient au lance-flammes les survivants. Sur un sentier, entre deux rizières, des dizaines de corps de villageois étaient allongés. De l'engin, ils entendaient le staccato des mitraillettes, le feulement du napalm, le hurlement des victimes, la gueulante des bourreaux. Ces bruits avaient envahi toute la plaine. Bud fit descendre son appareil et interpella le chef du commando, un certain Medina, Ernest Medina.

Magali Bourgeade tressaillit à peine. Le pilote espérait peut-être arrêter le massacre, mais Medina était déchaîné, drogué sans doute, selon Miles/Émile. Bud et Medina s'engueulèrent. Au même instant passa tout près d'eux un villageois avec un bébé dans les bras. Bud aurait pu les embarquer, au moins ces deux-là, miraculeusement préservés et semblant passer entre les gouttes. Ernest Medina s'y opposa, se fit menaçant. L'équipage dut repartir, juste pour voir le père et le fils échapper aux balles et au napalm et se fondre dans la jungle pendant qu'au village, le carnage se poursuivait.

Bud raconta l'histoire à son retour à la base, Miles Robeson confirma. On leur dit d'écraser, avec une certaine insistance ; ils ont pourtant continué, ils parlèrent même de contacter la presse, de faire circuler des photos ; ils furent l'objet de pressions, de menaces. Et puis, quand ils faisaient part de leur aventure autour d'eux, leurs compagnons répondaient volontiers qu'ils étaient paranos. L'armée les sépara, Bud et Miles furent mutés dans des corps différents. Peu après, le pilote se fit descendre dans une opération improbable, dite de la « colline steak haché ». Doux euphémisme. Miles Robeson est resté convaincu qu'on avait voulu faire taire son collègue ; et que son tour viendrait. Pour lui, la disparition de Bud était un accident qui tombait trop bien ! Miles déserta peu après.

Magali avait vu, dans l'opuscule d'Angela Capra, les chiffres des insoumis lors de la guerre du Vietnam, une véritable armée de non-soldats, une vague pacifiste, une foule de hors-la-loi.

« Miles, j'ai fait sa connaissance à Paris, reprit le chef de chœur. Il avait entamé une nouvelle vie, voulait s'intégrer, devenir un "Français moyen", comme vous dites. On s'est revu pour la chorale et baste, la guerre était bien finie ; et lui s'était rangé.

— Sa femme a trouvé qu'il était changé ces derniers temps. Vous confirmez ? Et dans ce cas, selon vous, pourquoi ce changement ? Et pourquoi sa fuite ? »

16

La jungle

Bob Finnegan marquait toujours un temps avant de répondre, il faisait penser à ces interviewés étrangers, à la télé, qui devaient entendre à l'oreillette la traduction de la question avant de se prononcer.

« Miles avait changé, c'est vrai. Cet été. Vous n'allez sans doute pas me croire, mais c'est à cause d'un film, un petit film, un documentaire sur Internet. Attendez… »

Pendant que le chef de chœur manipulait son portable, Magali Bourgeade repéra sur le muret qui leur faisait face, le long des quais, cette inscription : « la barricade ferme la rue, mais ouvre la voie ». Un tagueur qui recyclait des slogans de 68, sans doute. Son père collectionnait des clichés de l'époque, il faudrait qu'elle vérifie.

Bob Finnegan avait trouvé ce qu'il cherchait, il tendit son appareil vers la jeune femme :

« Regardez ça, c'est pas long. »

Le petit écran était devenu tout vert, un vert presque noir. Le vert d'une végétation très dense, traversé par un trait rouge, le sillon d'un étroit chemin forestier. Il n'y avait pas de son, mais l'image était parfois sous-titrée ; un homme apparut, de face, son nom était écrit en bas, à droite, Ho Van Lang, fils. Quasiment nu, il portait simplement un pagne ; son corps était musculeux, fin, il avait le teint cuivré ; assez jeune d'allure, une chevelure noire, épaisse, la coupe au bol, de grands yeux en amande. Sa bouche restait entrouverte, on aurait dit qu'il mâchait quelque chose ; il semblait hébété, comme si le ciel lui était tombé sur la tête, hébété et résigné en même temps. Dans un plan un peu plus large, on distinguait à présent une dizaine de personnes autour de lui, certainement des paysans du coin qui, tous, le regardaient comme une bête curieuse. À sa droite, un jeune villageois portait un tee-shirt de la marque Pirelli, fabricant de pneus, à gauche un gamin exhibait une casquette estampillée FBI !

L'image se brouilla, la caméra amorçait un mouvement tournant puis, séquence suivante, elle visait un vieil homme tout recroquevillé au fond d'un hamac, porté à dos d'hommes. La toile, qui évoquait une tenue de camouflage, était attachée à un épais bambou. Ho Van Thanh, père précisait l'incruste. Le film était daté, et localisé : 7 août 2013, région de Quang Ngai, centre du Vietnam.

Bob ajouta :

« Tranh, le père, et Lang, le fils ont vécu cachés quarante ans dans la jungle ! Une sacrée quarantaine, non ? Ils vivaient, ou survivaient, dans une cabane perchée dans un arbre, à six mètres de hauteur, pour tenir à distance tous les prédateurs, fauves ou humains. Ils se nourrissaient, a-t-on appris, de maïs et de manioc, de baies ou de produits de la chasse. Le père, jadis, avait fui, terrorisé, la guerre et leur village rasé par les Américains ; il s'était échappé avec son dernier fils, âgé à peine d'un an. On venait de les retrouver. Quarante ans après ! »

Magali Bourgeade ignorait cette affaire. Elle avait le vague souvenir d'histoires proches, celles de soldats japonais, perdus dans des îles du Pacifique, ignorant que la guerre était finie et repérés des années après le conflit. Toujours en guerre. Des Robinsons, isolés sur des îles, pourquoi pas ? On pouvait le comprendre. Mais au Vietnam ? Était-ce possible ? Comment disparaître si longtemps aux yeux de tous ? Au fin fond de la jungle. Comment tenir ?

Selon Bob Finnegan, ce film a sidéré Miles, ou Émile. Au sens fort : accablé, choqué, consterné, médusé. Ces deux-là, se persuada-t-il, Lang et Thanh, étaient, ne pouvaient être que l'homme et son bébé qu'ils n'avaient pu embarquer, il y a bien longtemps, dans leur hélico, lui et Bud. Par la faute d'Ernest Medina. Ces fantômes, ces revenants étaient bel et bien ceux-là mêmes qu'ils avaient vu fuir, Miles y croyait mordicus. Même date de disparition, même lieu, dans la zone de Quang Ngai précisément. Il se trompait peut-être, il pouvait s'agir d'autres personnes ayant échappé à d'autres accrochages à d'autres moments. Mais ce n'était pas la peine d'en discuter avec lui, sa religion était faite. Il y tenait.

« Miles ne me parlait plus que de ça. »

Ces images avaient provoqué chez l'ancien déserteur un terrible déclic ; c'était comme s'il sortait d'un long sommeil qu'il se réveillait au monde, comme si toute une histoire ancienne repartait pour un tour, comme s'il revenait quarante ans en arrière. On efface tout, on recommence ? Sa culpabilité, énorme, refoulée, était aussi de retour. Il n'avait pas pu aider les villageois en 1971, il n'avait pas osé affronter Ernest Medina et embarquer les deux rescapés. Tout ça lui tournait sans fin dans la tête. Comme une mauvaise rengaine.

« J'ai eu beau lui dire, "Miles, la guerre est finie !", le mouton était devenu enragé. Le bouchon avait sauté, le djinn ne voulait plus retourner dans la bouteille. Vous comprenez ? Miles ne savait plus où il en était, il croyait avoir enterré sa première vie et tout lui revenait en pleine face. Vous avez, vous Français, une expression, "ne plus savoir où on habite", non ? C'était exactement ça, Miles ne savait plus où il habitait… »

La dernière fois que Bob Finnegan l'avait vu, Miles/Émile était perdu. Dans tous les sens du mot. Le musicien avait essayé de l'aider, il n'avait pas pu. Puis, peu après, le cuisinier du Bagel avait disparu, volatilisé ! Depuis, on était sans nouvelles.

Au bas de l'église, le quai d'Orsay bouchonnait. Magali Bourgeade et Bob Finnegan se séparèrent. Longeant la Seine, elle retrouva le documentaire sur son portable ; le film était en bonne place sur les réseaux. Elle fit un arrêt sur image sur le quadra. Penchée sur le minuscule écran, elle réalisa que Lang, le fils, était le sosie tout craché de Mowgli.

17

Le pagne

La porte du salon donnant sur le pont de *L'Andante* était ouverte. Magali Bourgeade pensa à Cao qui avait promis de passer, mais la restauratrice n'avait pas les clés. Et Racine était en déplacement en Italie, toujours pour la BNF. Pas de lumière, personne en vue. La journaliste entra, perplexe. Un morceau d'étoffe traînait sur le canapé. Une serviette ? Un torchon ? Magali eut un peu de mal à l'identifier : c'était un pagne ! Elle traversa l'étage, descendit doucement vers les cabines. Tout était éteint, mais des hublots tombait une petite lumière mordorée, qui venait sans doute des réverbères du boulevard Bourdon. Le roulis du bateau se faisait à peine sentir. Ça craquait bien un peu ici et là, mais ces bruits n'avaient rien d'inquiétant. La chambre était vide. La journaliste poussa la porte suivante, celle qui donnait sur la pièce du fauteuil de volupté. Le siège était occupé. Par… Mowgli. Nu.

L'homme des bois lui souriait, lui tendait la main, ombre perdue dans la pénombre, et l'invitait à le rejoindre. Impossible de résister. Elle venait à peine de s'installer à ses côtés, sur lui en vérité que le fauteuil se transforma en vespa. Mowgli, toujours dans le plus simple appareil, conduisait à bonne allure l'engin, dans une avenue vietnamienne sillonnée en tous sens par des milliers et des milliers de vespas. Le couple quitta finalement la cohue, puis la ville, la route traversait une forêt ; Mowgli s'arrêta au pied d'un arbre gigantesque. Là, il aida la jeune femme à grimper le long d'un tronc colossal pour accéder à une plate-forme de planches, dans les hauteurs. On surplombait la jungle.

Comme un tomber de rideau, le soleil se couchait vite fait ; il semblait pressé de clore cette journée, accompagné par un invraisemblable concert d'animaux de toutes sortes, batraciens ou rongeurs, toute une faune de noctambules qui ricanait, gloussait, caquetait, c'était assourdissant.

À la recherche de Mowgli, Magali glissa de la passerelle et dégringola… au point de se réveiller. Elle fut très déçue de ne trouver aucune trace de pagne sur le sofa où elle s'était assoupie.

18

Le rapport

Cao avait promis d'améliorer l'ordinaire. Du poisson, réclamait Racine. C'était la condition *sine qua non* pour sa venue au Bagel, râlait-il. Mais il faisait semblant de gronder, car la seule vue de la restauratrice lui aurait fait traverser Paris à pied. Et puis, comme Magali, il vivait ces repas comme autant de gestes de solidarité avec la compagne de Miles/Émile.

Cao était toujours sans nouvelles de son déserteur. Elle ne l'avait pas remplacé en cuisine. Par superstition, en partie. Elle pensait que si elle engageait un nouveau cuistot, cela signifierait la disparition définitive du mari.

Le libraire était de retour de Rome ; il semblait avoir souffert de son aller-retour express en Italie. Il manquait de sommeil et l'épaisse chevelure crépue dont il était si fier était plutôt ramollo. Mais le débit de sa voix était inchangé, légèrement enroué, mais toujours cadencé comme une mitraillette.

Ce jour-là, il était déchaîné. Contre l'Amérique. L'Empire. Il avait emprunté à Magali le texte qu'elle-même avait rapporté de sa soirée au Wagram. C'était un document tout ce qu'il y avait d'officiel de la délégation parlementaire au renseignement, DPR. Qui s'ouvrait sur un propos de Napoléon adressé au maréchal Soult : « Ni la bravoure de l'infanterie, ni celle de la cavalerie ou de l'artillerie n'ont décidé d'un aussi grand nombre de batailles que cette arme maudite et invisible, les espions. »

On y parlait du pillage économique par voie légale, où les Américains étaient les champions, des procès qu'ils engageaient à tour de bras contre les firmes concurrentes, des procédures leur permettant de caser leur espion au sein même des firmes, des « moniteurs » ayant accès à toute la documentation stratégique.

« Écoute ça, s'agitait Racine, je cite : "en clair, le droit [leur] sert de bélier pour forcer la protection et les espions passent derrière pour siphonner le savoir-faire français". Ou encore : "Nos principaux partenaires peuvent aussi être nos meilleurs adversaires dans le domaine économique." »[1]

Cao le coupa dans son élan en leur proposant son nouveau menu : un burger de truite à la ciboulette, oignon rouge aigre-doux ou/et un burger de filet de bar, sauce mayo basilic *lemon* ! Ils ne choisirent pas et prirent les deux plats. Racine ne fit qu'une bouchée de sa truite et repartit à l'attaque.

« Encore mieux. Le rapport souligne "l'intensité de l'agressivité [américaine] à l'égard de notre pays. [...] Le fait que la France soit une cible pour les États-Unis ne constitue pas une absolue nouveauté. Reste qu'apprendre que la NSA cible ses alliés et ses adversaires avec le même niveau d'intensité opérationnelle, et que son espionnage a pris des dimensions industrielles constitue un accroc notable dans nos relations

1. Sur l'espionnage américain en France, lire le *Rapport relatif à l'activité de la délégation parlementaire au renseignement pour l'année 2014*, Assemblée Nationale, 18 décembre 2014 (NDA).

avec ce pays." Et la conclusion : "Un tel comportement rappelle sans doute utilement que les États-Unis n'ont en réalité ni amis, ni alliés et qu'ils ne conçoivent leurs relations qu'en termes de vassalité ou d'intérêts." Pas mal, non ? »

Magali appréciait. Elle pensait que ces données devaient figurer dans son dossier des *Papiers Nickelés*. Peut-être dans un chapitre « France/ USA : échanges divers »…

Au moment du café, elle parla à Racine de sa rencontre avec Bob Finnegan. Le libraire fit mine de se concentrer tel Sherlock Holmes mobilisant ses neurones dans un intense effort de déduction.

« Moi, je vois les choses comme ça », suggéra-t-il.

En écoutant la version de Magali sur le chanteur black, il avait échafaudé le scénario suivant : quelques semaines après avoir découvert le documentaire sur la sortie de la jungle vietnamienne du père et du fils, Émile/Miles se retrouvait au California. Travail alimentaire, comme on dit. Job bien payé, au noir, passons. Et là, il tombait sur… Ernest Medina ! Hasard incroyable qui n'existe que dans des romans de gare et pourtant, c'était bel et bien Medina qui était assis à une des tables de l'hôtel restaurant parisien. Miles/Émile n'avait rien prémédité, rien préparé, et pour cause. « Pur hasard », Racine répéta ces mots. Le mari de Cao ne savait pas qu'Ernest Medina serait là, bien sûr ; il ne savait même pas que Medina vivait toujours. Quarante années avaient passé, mais l'autre avait probablement assez peu changé et Miles l'avait identifié tout de suite.

« Et il comprit aussi, le coupa Magali, que Medina ne l'avait pas reconnu.

— Certainement. Alors germa dans sa tête hantée, ou fêlée, ce piège improbable : "venger". Venger Mowgli et son vieux père. Venger leur exil intérieur, dans un arbre ! Et se venger de son propre exil à lui ! Se venger, oui, mais comment ? Se venger de manière à ce que l'autre entende le message, comprenne, souffre. Se venger avec du napalm, même de pacotille. Et là, Miles, qui se croyait pacifiste, Cao l'a confirmé, et qui avait toujours vécu ainsi, se comporta soudain comme un parfait tueur. Tu me suis ? »

L'explication de Racine se tenait. Mais Magali était ailleurs et ne répondit pas illico. Elle contemplait une photo, encadrée et récemment posée au mur du Bagel ; le cliché représentait Cao et Émile, défilant au milieu d'un groupe compact de manifestants. Tous portaient le badge « Je suis Charlie ». Il avait été pris lors de la marche parisienne du 11 janvier. Marche que l'Amérique officielle avait boudée. Obama n'était pas venu. La presse avait parlé de maladresse du président US. « Foutaises, songeait la pigiste. La plupart des Yankees ne savent même pas que la France existe ; ou alors ils nous prennent pour des attardés… »

Toute à sa rêverie, elle n'avait pas réagi à la question de Racine. Vexé, le libraire se renfrogna. Il n'était pas bavard de nature, mais quand il parlait, il fallait qu'on l'écoute. Sinon…

Le fil entre eux était rompu. Du moins pour le restant de la journée. Ça leur arrivait de temps en temps, ces brusques coupures de courant, ils faisaient avec.

Plutôt que de se chamailler, Magali repartit à la rédaction des *Papiers Nickelés*. En chemin, elle se demanda ce qu'elle allait faire de « leur » découverte. S'il se confirmait que Miles était bien le criminel, l'incendiaire disons, comment allait-elle se comporter ?! Franchement, elle n'en savait rien. Garder ça pour elle ? Se taire, être complice ? En parler aux flics ?

Dans l'entrée du journal, elle buta sur Régis Bergeron et lui raconta leur version de la soirée au California. Il tiqua :

« Je vous entends, pourquoi pas. Miles crame Medina. Mais que vient faire Angela dans cette affaire ? Que Miles ait voulu buter le marchand de canons, peut-être, mais pourquoi il s'en serait pris à Angela Capra ?

— Peut-être qu'elle avait été témoin de la scène du crime au California ?

— Mouais…

— Elle était sur place, tu sais.

— Mouais… »

Régis Bergeron hésitait. La conversation glissa sur Bob Finnegan, qu'il connaissait de réputation.

Accro de musique et de jazz, le rédac'chef appréciait le parcours du Gospel Team.

« Tu sais que Finnegan, c'est un pseudo ? »

Étonnement de Magali.

« Le vrai nom du chef de chœur est Paul William Ryan.

— Un ancien du Vietnam, je parie ? risqua la jeune femme.

— Je ne crois pas. À mon avis, il n'a pas fait cette guerre. Enfin c'est pas ce qu'on dit.

— Et on dit quoi ?

— On dit qu'il fut un leader du Black Power, mouvement radical noir des années 70, et qu'il a dû se tirer des USA en catastrophe ! Voilà ce qu'on dit ! »

Magali Bourgeade encaissa, tout en trouvant qu'il y avait beaucoup de pseudos, et de masques, dans cette histoire. Elle devait revoir Bob Finnegan ; ou Paul William ? Allez savoir avec ce bonhomme. La seule chose, au fond, dont elle était sûre, c'est que c'était un sacré cachottier.

19

Bataclan

Bob Finnegan était devenu injoignable. À la réception de l'ACP, l'American Church in Paris, une virago envoya la journaliste dans le mur, répondant qu'elle n'était pas la secrétaire de « Mister Gospel », qu'il était juste chef de chœur occasionnel, qu'il venait un peu quand ça lui chantait.

Mot pour mot : quand ça lui chantait… C'était plus que de la mauvaise volonté, de l'obstruction, du mensonge. Et une bonne couche de mépris pour le pauvre Finnegan. Mais Magali Bourgeade avait retenu que les répétitions du gospel avaient lieu toutes les deux semaines, le mercredi.

Ce mercredi-là, elle arriva tard quai d'Orsay. La réunion de la rédaction de *Papiers Nickelés* avait été interminable. Régis Bergeron, qui sortait sans doute d'un repas d'affaires, rouge comme une pivoine, pérorait, tapait du poing sur la table, coupait la parole.

Méconnaissable ! Et lassant. Il y eut une prise de bec avec le chef graphiste. Interminable. Magali ne supportait pas la réunionite aiguë qui sévissait au journal, comme ailleurs. Elle venait de lire dans un journal, ou entendre à la radio qu'un cadre moyen passait près de seize années en réunion durant une carrière de quarante ans. L'angoisse. Seize ans en réunion. Au secours ! À la limite, elle aurait encore préféré quarante ans dans un arbre, comme Mowgli. Mais sans son père…

La soirée était frisquette. Les portes de l'église étaient fermées, mais des échos de la répétition lui confirmèrent qu'elle était venue le bon jour. Le groupe répétait une chanson de Mahalia Jackson, *Sometimes I feel Like a Motherless Child.* Magali pensa qu'aborder Bob Finnegan de front ne donnerait probablement rien. Aussi décida-t-elle de le suivre dès qu'il apparaîtrait. Elle trouvait ça un peu ridicule, mais tout à fait excitant. Elle cacha son visage sous un foulard à la mode Audrey Hepburn 1963. S'il la remarquait, elle pourrait toujours dire que le hasard faisait bien les choses…

Vingt-deux heures, le chœur sortit et s'éparpilla. Bob Finnegan grilla une cigarette sur le parvis de l'église puis s'en alla prendre le RER pour Austerlitz, puis le métro, ligne 5, jusqu'à Oberkampf. La filature amusait Magali, elle avait l'impression de jouer dans un film noir. Il y avait encore du monde dans les transports, des touristes notamment ; se dissimuler ne fut donc pas trop compliqué.

À la sortie du métro, elle comprit que l'homme se rendait au Bataclan, où l'invité d'honneur, ce soir-là, était le patriarche Archie Shepp.

Bob Finnegan disparut vite dans la salle, il avait ses entrées. Magali Bourgeade sortit sa carte magique. Elle avait fait, récemment, deux ateliers d'écriture dans une prison de Normandie. Pour ses visites, on lui avait délivré une carte au titre du Ministère de la Justice, barrée d'un beau bleu-blanc-rouge. La carte était périmée, mais il suffisait généralement qu'elle l'exhibe vite fait, avec une mine de circonstance, sous le nez des gorilles en tout genre pour qu'ils se mettent au garde-à-vous. Le tricolore, ça restait magique ! L'entourloupe fonctionna une fois encore.

Quand elle accéda à la salle, Bob Finnegan était au bar. Elle s'invita à ses côtés. Cette arrivée semblait parfaitement improvisée. Le musicien resta impavide. Ou presque :

« Encore vous ?

— Menteur, répliqua-t-elle, amusée.

— Vous voulez quoi ? Prendre un *selfie* avec moi, c'est ça ? »

Et déjà il prenait la pose, se collant à la jeune femme. Elle l'écarta fermement :

« Mytho !

— Vous savez que le harcèlement tombe sous le coup de la loi ?

— C'est quoi ce nom de Bob Finnegan ?

— Ça vous regarde ?

— Dissimulateur et menteur : vous me parliez du Vietnam comme si vous l'aviez fait !

— J'ai jamais dit ça ; en plus, vous écoutez mal. Je parlais des mésaventures de mon ami Miles.

— Vous venez en fait du Black Power, non ?

— Pardon ? »

La salle se mit à applaudir. La longue silhouette d'Archie Shepp traversait la scène. La démarche de l'artiste semblait hésitante. Le vieux manitou à l'immense sax souriait. Timide, modeste, humble, un vrai, un grand. Il attaqua très vite le morceau *Attica Blues* sous les vivats d'un public averti.

Une bonne demi-heure plus tard, alors que l'artiste faisait une pause, Bob Finnegan provoqua Magali.

« Attica, bébé, z'étiez pas née au moment d'Attica ! Une révolte de prisonniers sauvagement réprimée, c'était en 1972. »

Une pause. Il reprit :

« J'avais animé un mouvement de soutien aux mutins ! 1972…

— Bébé ?! Ça fait ringard, comme compliment, si c'est un compliment, Mister Bob Finnegan qui ne s'appelle même pas Bob Finnegan pour de vrai !

— Bébé ou pas, vous allez m'expliquer pourquoi vous me pistez, et je reste poli. Vous êtes amoureuse ou quoi ? Vous cherchez du noir ? Vous voulez un autographe, c'est ça ? »

Elle le prit au mot et lui fit signer la facture que le barman leur apportait, ajoutant :

« Vous savez, Mister Bob Finnegan qui s'appelle pas Finnegan, que Miles — qui lui s'appelle pas Émile — risque d'être accusé d'un double meurtre ? »

Il ne réagit pas.

« J'ai l'intime conviction qu'il a agressé Ernest Medina, vous savez, l'incendié du California ! Et qu'il s'en est pris aussi à une journaliste américaine, Angela Capra. »

Archie Shepp était revenu des coulisses, accompagné du pianiste cubain Chucho Valdes, et ensemble, ils enflammèrent aussitôt l'assistance. Bob Finnegan et Magali Bourgeade devaient crier pour s'entendre.

« Mais pourquoi vous n'allez pas voir la police ? Allez leur raconter vos petites histoires ! C'est pas à moi qu'il faut dire tout ça !

— Je veux pas la mort du pécheur. »

Elle se sentait soudain pleine de miséricorde.

Chahuté par le rythme, le duo se tut jusqu'à ce que Bob Finnegan relance :

« Ridicule !

— Quoi ?

— Capra !

— Elle est morte, merde !

— C'est pas Miles. C'est pas Miles qu'a fait ça.

— Pourquoi ?

— Il a un alibi.

— C'est-à-dire ?

— Il était parti, il était déjà parti.

— Où ?

— Je sais pas, mais je sais qu'il était parti quand Angela Capra est morte. Ça serait facile à prouver. Mais ça vous regarde pas.

— Et qu'est-ce qui me regarde ?

— Bonne question ! »

Fin de la séquence américano-cubaine. Archie Shepp entamait *The Stars in Your Eyes*. La mélodie, plus douce, semblait pousser à la confidence. Magali Bourgeade regardait Finnegan/Ryan, insistante. Il flancha :

« Écoutez, pour Ernest Medina, vous avez peut-être raison. Je dis bien : peut-être, j'étais pas là, moi ! Miles, dites-vous, l'aurait croisé, par hasard, au California, et pour leur malheur à tous les deux. Il aurait fait alors une grosse connerie. C'est ce que vous dites ?

— Exact.

— Si c'est le cas, il a dû vite réaliser sa bêtise et il le paie cher.

— Vous trouvez ?

— Oui, il a foutu sa vie en l'air, la petite vie bien tranquille qu'il s'était fabriquée, franco-française, après pas mal d'efforts, je vous assure.

— Vous semblez d'accord avec moi, à présent. C'est bien. Et Angela Capra ?

— Angela Capra ? Alors là, dites-moi, pourquoi il aurait tué Angela Capra ? Ça tient pas debout. Et puis surtout, je viens de vous dire qu'il n'était plus à Paris quand le crime de la cathédrale a eu lieu. »

Archie Shepp présentait un jeune saxophoniste dont Magali Bourgeade n'avait pas retenu le nom, « la relève », disait-il, laquelle relève saluait, tout intimidée, le public et entama *Steam*, un vieux morceau du vieux Shepp.

« Miles n'a rien à voir avec Angela Capra, ils ne se connaissaient pas, d'ailleurs, j'en suis convaincu. Ou alors pas vraiment. Moi, je l'avais rencontrée, Angela Capra.

— À la cathédrale ? lâcha la pigiste, regrettant aussitôt sa provocation.

— Idiote !

— Désolé. Continuez !

— Angela Capra, c'était une belle personne, je comprends pas bien ce qui lui est arrivé.

— C'est elle qui avait voulu vous rencontrer ?

— Oui.

— Pourquoi ?

— Dans le genre moule accrochée à son rocher, vous êtes pas mal ! »

L'image plaisait modérément à Magali Bourgeade, mais elle passa.

« Pourquoi je devrais vous répondre ? reprit le chef de chœur.

— Je pourrais vous dire : pour calmer Cao, mais Cao, c'est pas votre problème. Disons que j'attends votre réponse parce que je ne veux pas, dans mon article, écrire de bêtises sur la "filière".

— C'est quoi, ça ?

— Vous faites l'âne, mais vous n'aurez pas de foin. Ou de son, je ne sais pas ce que vous préférez. Angela travaillait sur une filière. OK ? Or elle vous a rencontré. Puis elle avait probablement rendez-vous avec un certain Mr Shady. Shady, ça vous dit quelque chose ? »

Le regard de Bob Finnegan sur Magali Bourgeade changea, comme s'il commençait à prendre au sérieux la journaliste.

« De toute façon, je vais écrire mon papier, insista-t-elle, alors autant que je ne dise pas trop de conneries, non ? La chorale, c'est un paravent ? C'est ça ? Certes, vous chantez, mais derrière, y a quoi ?

— Je ne peux pas vous empêcher d'écrire. Et je veux bien vous répondre. Mais à UNE condition : vous oubliez mon existence dans votre copie. Je n'existe pas. »

Le jeune saxophoniste terminait son exercice ; il avait réussi son examen de passage, mais le public réclamait le retour de son chouchou : Archie ! Archie !

« L'Amérique a l'art d'attirer autant que de rejeter, confia Bob Finnegan. Ce pays, créé par des refoulés, sait bien refouler à son tour. Il y a toujours eu des Américains en froid avec leur mère patrie, et toujours eu des bonnes âmes, dans le monde, pour leur donner l'hospitalité, les cacher, leur assurer des faux papiers si besoin.

— Les filières ? »

Il opina.

« C'était ça, la filière dont parlait Angela Capra ?

— Je ne sais pas. Probablement. Et ça remonte à loin… »

Déployant l'un après l'autre ses longs doigts, il énuméra toutes les familles de proscrits, de bannis, d'exilés, ceux qui ont fui le racisme, le maccarthysme, le puritanisme : les homos, les Blacks, les déserteurs. Du Vietnam, comme Miles. Ou d'Irak.

Magali Bourgeade se garda d'imaginer le sort d'un Black homo et déserteur… Et revint à l'essentiel :

« Bref, Miles, il est où ?

— Au vert.

— Où ?

— Au vert, je vous dis, ne vous inquiétez pas.

— Je peux le dire à Cao ?

— Vous pouvez.

— Angela Capra aussi l'avait compris ?

— Quoi ?

— Que Miles était au vert !

— Certainement.

— Elle serait morte parce qu'elle allait l'écrire ?

— Non, non, je ne crois pas ça, vraiment pas.

— Et Shady ?

— Connais pas. Ça ne me dit rien.

— Bon, ben, je vais écrire. Angela Capra n'est plus là, c'est en quelque sorte à mon tour, non ?

— De toute façon, je crois que j'aurais du mal à vous en dissuader.

— Sauf à me tuer ?

— Foutaises. Mais c'est promis : si vous écrivez, vous m'oubliez, OK ? JE N'EXISTE PAS ! »

Les morceaux de *Blasé* que Shepp reprenait alors semblaient conclure la soirée.

« Vous n'existez pas dans mon papier, c'est entendu. Ceci dit, vous, dans la filière, vous faites quoi ?

— J'ai pas dit que je m'occupais de ça ; j'ai jamais dit ça. Moi, j'écoute, j'entends des choses, c'est tout.

— Et vous entendez quoi en ce moment ?

— Que le réseau a beaucoup de boulot.

— Pourquoi ?

— Les *whistleblowers.*

— Les quoi ?

— Alors là vous me décevez ; vous êtes sûre d'être journaliste ? Ne me dites pas vous n'êtes pas au courant. L'affaire Snowden ? Les *whistleblowers*, les lanceurs d'alerte ?

— J'avais pas fait le lien, désolée, ça doit être votre accent.

— Qu'est-ce qu'il a, mon accent ? » réagit Bob Finnegan, vexé.

Sans transition, il s'était lancé dans un petit topo sur les « lanceurs d'alerte » qui dénoncent la surveillance des masses par les entreprises et les gouvernements, prennent la défense de l'intégrité « inviolable » de l'individu, bafouée par l'accès aux données personnelles issues des portables, des mails, des recherches sur Internet. Il connaissait son laïus par cœur. Un peu langue de bois, mais beaucoup de conviction.

« Ils militent, les lanceurs, pour le droit à l'intimité sans encombre. Vous comprenez ? Ils prennent des risques, le risque d'être poursuivis, pourchassés. La semaine dernière, encore, un certain Barrett Brown, d'Anonymous, en a pris pour cinq ans ! Il faut donc les aider, les protéger, vous me suivez toujours ?

— Ils sont Américains ?

— Pas mal sont Américains, oui !

— Vous croyez que je pourrais en rencontrer un ?

— Pourquoi ?

— Pour mon enquête !

— C'est un genre à part, vous savez ; ils sont paranos sur les bords. Je vais voir. Si l'un d'eux veut jouer le jeu, je vous le dis. OK ? Mais je vous préviens, avec eux, ni téléphone, ni ordinateur, ni portable. Si l'un d'eux accepte, c'est lui qui me fera signe, et je vous ferai passer le message. Si ça marche. Mais méfiez-vous, tout de même. Angela Capra aussi a voulu en croiser un. Vous savez comment ça s'est terminé. »

20

Ska

« Il » l'attendrait devant l'entrée principale de l'Hôpital Américain, à Neuilly, lui avait dit Bob Finnegan quelques jours plus tard. C'est lui qui allait la reconnaître. Lui, c'était le lanceur d'alerte qu'elle voulait rencontrer, le *whistleblower.* Comme prévu, ni téléphone, ni portable, rien qui aurait pu être appelé, repéré, lui rappela le chef de chœur.

Anxieuse de nature, on l'a dit, Magali arriva à Neuilly une bonne demi-heure en avance, comme d'hab, et déambula, faussement nonchalante, le long de l'entrée, dévisageant les rares passants. C'était un petit matin venteux, les gens n'avaient pas trop envie de s'attarder ; et puis le coin n'était pas particulièrement accueillant.

Son rendez-vous s'appelait Ska. C'était un diminutif, un raccourci de Sacha Klajnbaum. Le bonhomme était donc clandestin, mais pas anonyme. Ou alors il voyageait sous une fausse identité, Magali

Bourgeade n'en savait trop rien, en fait. Cet internaute US d'une trentaine d'années était réfugié en Europe ; pour l'heure, il était simplement « de passage » à Paris, avait précisé Bob Finnegan, et bénéficiait de réseaux d'aide.

« Ska, c'est un bon ! » avait dit le choriste. On parlait d'ailleurs de lui cette semaine dans la presse européenne. Il venait en effet de soulever un drôle de lièvre. Il avait apporté la preuve que Renards et Corbeaux, un jeu vidéo – dérivé d'une fable de La Fontaine ! – au succès planétaire, téléchargé plus d'un milliard de fois, était piraté par la NSA, la National Security Agency, surnommé aussi No Such Agency, l'Agence-qui-n'existe-pas.

La NSA interceptait ainsi les données personnelles d'une armée de joueurs. Ska montrait que le simple fait de télécharger une application était risqué. En effet, l'éditeur du jeu pouvait géolocaliser un smartphone, connaître les déplacements de son propriétaire, regarder ce que contenait la mémoire, relever ses appels téléphoniques, obtenir la liste des « comptes » connus (services de stockage, réseaux sociaux, etc.), créer ce qu'on appelle des « sockets réseau ». L'application, démontrait encore Ska, établissait une connexion permanente entre l'appareil et un ou plusieurs serveurs qui envoyaient des requêtes et collectaient des données à volonté. Bref, c'était une vraie prise de contrôle du téléphone. L'enquête de Ska indiquait que ce n'était pas le créateur du jeu qui s'était « donné » à la NSA, mais les agences de publicité auxquelles il avait revendu ces données, confidentielles, sur les joueurs. Lesquelles agences, américaines, filiales de Google, avaient été tout particulièrement « approchées » par la NSA.

Ska avait déjà signalé, quelques mois plus tôt, que la NSA plaçait des boîtiers-espions sur des câbles reliant les serveurs de Google, faisant ainsi circuler chez les fabricants de jeu des logiciels connectant les téléphones à ses serveurs, ou encore distribuait des jeux programmés pour moucharder.

Magali Bourgeade attendit. Le temps passa. Un quart d'heure, une demi-heure. Au bout d'une heure, excédée, frigorifiée, elle se cassa. Direction, la station de métro Louise-Michel. Louise Michel près de Neuilly, c'était plutôt rigolo, non ? Elle descendait, courbaturée, la rue Victor Hugo quand une voiture passa à sa hauteur, ralentit, se gara sans arrêter le moteur. Le chauffeur ouvrit la vitre côté passager, se pencha vers elle.

« Mlle Magali ? »

Le conducteur ne portait pas de masque d'Anonymous, mais elle comprit que ce ne pouvait être que lui. Ska. Il semblait incroyablement jeune. Un ado attardé. Joufflu, propret, cheveux noirs ondulés. Pas le look de combattant qu'elle s'attendait à voir, couturé, fripé, râpeux, mais celui d'un fils de bonne famille tombé dans un monde crapoteux.

« Excusez-moi, dit-il en souriant, alors qu'elle prenait place. La place du mort. »

De quoi voulait-il qu'on l'excuse ? De son retard ? De la vétusté de la voiture, une Renault 5 préhistorique ? Du bordel qui régnait dans la cabine ? De l'odeur lourde de tabac blond ? Où avait-il dégoté un pareil engin ?

Bob Finnegan avait dit à la journaliste que Ska s'était d'abord engagé, il devait être bien jeune, pour Wikileaks, le site de publication de documents secrets de Julian Assange dont il avait été le porte-parole.

Ils filèrent sur le périphérique qu'ils ne devaient plus quitter tout le temps de la conversation. Avant même qu'elle eût posé la moindre question, il se présenta, dans un français maîtrisé, sans accent : il était un des fondateurs du projet TOR, un réseau de serveurs clandestins permettant de naviguer sur Internet sans se faire repérer.

« Ma politique, dit-il, et le mot semblait bien grand dans sa bouche, ma politique, c'est préserver la libre circulation de l'information sur le Net, assurer la protection des données personnelles des citoyens et imposer aux administrations la transparence intégrale des données publiques. »

Joli programme, pensa-t-elle, pour un jeune homme en fuite, au volant d'une voiture pourrie, et un tantinet sur le qui-vive.

Angela Capra ? Il connaissait. Il l'avait même rencontrée. Ils n'avaient parlé ni du Vietnam ni même du réseau d'aide aux clandestins de toute nature. Capra avait compris, pensait-il, le mode d'emploi du dit réseau, mais ne voulait pas déranger, ne posant aucune question à ce propos. Selon Ska, elle devait se dire, peut-être inconsciemment, qu'un jour ou l'autre elle aurait à son tour besoin de ce genre de service. On ne sait jamais. « Son sujet, c'était l'espionnage, enfin l'écoute de masse, le stockage d'infos sur la vie de tout le monde par la NSA. Et sur un tel sujet, vous savez, on s'attire forcément des contrariétés. À la longue… »

S'attirer des contrariétés ? L'expression était limite ; elle aurait dit plus simplement : s'attirer des ennuis. Mais à ce détail près, le jeune rebelle parlait un français parfait.

Sur Angela Capra, il ne pouvait pas en dire beaucoup plus que ce que Magali Bourgeade connaissait déjà : « Elle était de l'école de l'investigation à l'ancienne, celle qui cultive les sources, étudie les documents officiels à la loupe, poursuit le gouvernement en justice et exploite toutes les failles. »

Ses reportages, déjà anciens, sur la base militaire de Ford Meade, Maryland, où la NSA a son siège, avaient fait du bruit.

Ska quittait rarement la file de droite, scrutant tout en parlant les voitures qui le doublaient, titillant sans cesse le rétroviseur. Il proposa à Magali une cigarette qu'elle refusa. Sur la NSA, il était intarissable, et impitoyable. Des malades espionnant tout le monde ; des irresponsables, forts de l'impunité que leur donne le gouvernement ; des parasites, stockant des montagnes de données, mais infoutus de voir venir les pirates de l'air de 2001, mettant Merkel sur écoute, mais ratant les auteurs de l'attentat contre le marathon de Boston ; des mégalos construisant le plus grand ordinateur du monde en plein désert de l'Utah, consommant autant que la ville de Washington. Des revanchards aussi qui l'avaient poussé à fuir les États-Unis pour éviter d'être arrêté.

La voiture avait déjà fait le tour du périphérique quand Ska prévint la jeune femme qu'ils allaient se quitter, porte Maillot. Ska semblait surbooké. Il lui avait consacré une demi-heure, le temps était écoulé. Il filait vers de nouvelles aventures. L'Américain se rangea en double file devant une brasserie dont elle ne retint pas le nom quand elle eut le réflexe de lui demander : Shady, ça vous dit ?

21

C'est louche

Bingo ! Shady, ça lui disait.

C'était le surnom d'un casseur de code, un surdoué, hyperconnu dans le milieu ; il paraît qu'il avait fait un malheur lors d'une rencontre internationale, il y a peu.

« Un surnom ? C'est pas son nom ?

— Un surnom, oui. *Shady*, en anglais, vous savez, ça veut dire louche… »

Ska, à présent, semblait pressé de repartir. Magali, déjà sur la chaussée, allait refermer la porte, lui souhaiter bonne chance ; le conducteur précisa alors qu'il n'avait jamais rencontré le personnage, mais connaissait sa bobine. Elle avait circulé il y a quelques mois sur le Net, un look canaille, cheveux longs châtain clair, catogan, boucles d'oreille, petit collier de barbe. Signe distinctif : fort strabisme divergent à l'œil gauche.

L'entretien s'acheva sur cette demi-énigme, ou cette énigme à demi résolue. *Shady* = louche. Mais encore ?

Quand, ce soir-là, Magali Bourgeade retrouva Racine au Bagel et lui rapporta l'entretien, le libraire reçut l'info comme s'il venait de prendre une rame de métro en pleine poitrine. Il tressaillit, bondit de sa chaise, gesticula. Un vrai pétard qui n'attendait plus que son allumette.

« Shady !!! Bordel de merde, OK, Shady le louche ! Shady qui louche, aussi. À Bruxelles ! Ouais. J'y suis. »

Racine s'en voulait de n'avoir pas réagi plus tôt. C'est la description du bonhomme, non pas le côté canaille dont parlait Ska, mais l'évocation de son regard, ce regard de loucheur, qui venait de l'ébranler.

« Un type qui te regarde de l'œil droit, l'autre se promenant ailleurs, ça fait drôle, je te jure. Et ça s'oublie pas. Doit pas y en avoir des tas dans le milieu. »

Il y avait un loucheur, redoutable, au symposium international de Bruxelles auquel avait participé Racine, qui y représentait la BNF François Mitterrand. Son nom ? Son vrai nom ? Le libraire, fébrile, mit la main sur son agenda, retrouva les pages correspondant à son voyage en Belgique. Le nom était inscrit en marge. Shady-le-louche s'appelait en vérité Bacri. Étienne Bacri.

« Un Frenchie ?

— Un Français de chez Français, absolument.

— Tu le connais d'où ?

— De Bruxelles, je te dis ! »

Dans la famille des hackers, il avait une réputation de casseur de codes hors norme. Il était patron d'une société, française, basée à La Défense, une start-up en sécurité informatique et cryptographie, nommée Buvar.

C'est très certainement lui qu'il avait croisé là-bas. Tous les grands du Net, tous les opérateurs qui comptaient étaient présents, les Américains, Google, Facebook, Apple, Microsoft, Twitter, Yahoo !, les autres aussi. Des Chinois notamment. Tous proposaient à un cercle étroit d'experts, ou de pirates, c'était selon, de tester leur propre système de sécurité, leurs codes d'accès, leurs mots de passe. Opération transparence et vérité. Lui, Étienne Bacri, Bacri-Shady-qui-louche, parvint, en un temps record, à pulvériser toutes les règles internes, tous les protocoles secrets. À poil, ils étaient. Tous ! Et à genoux devant ce demi-dieu capable de se balader dans leur intimité sans la moindre gêne. Tous lui avaient alors offert des ponts d'or pour qu'il se mette à leur service, pour refaire leur machinerie, retapisser tout leur intérieur. Chaque firme surenchérissait sur la voisine pour avoir ses doigts de fée. Il avait refusé. Tout refusé. Toutes les propositions. Il l'avait joué incorruptible, indifférent, hautain. Personne n'avait vraiment compris.

« Et alors ? Quel rapport avec notre histoire ? Et avec Angela Capra ? demanda Magali Bourgeade.

— Peut-être qu'elle a compris…

— Quoi ?

— Pourquoi Bacri a refusé toutes ces propositions.

— Je pige pas.

— J'ai mon idée, lâcha-t-il à une Magali un brin dépassée. On va aller lui poser la question. »

À La Défense, la société Buvar occupait une tour de taille réduite comparée aux géants des alentours. Sa façade vitrée, bleu parme, élégantissime, retenait pourtant tout de suite l'attention.

À l'accueil, Racine demanda à voir le chef, prétextant la réalisation, avec son assistante, Magali Bourgeade, ici présente, d'un documentaire pour Arte sur « les casseurs de code ». La standardiste refusa carrément de l'appeler ; « il » était en réunion, « il » ne voulait pas qu'on le dérange. Point. Ils firent le forcing. Nouveau refus. Ils sortirent toute une série de cartes plus ou moins officielles, crièrent, menacèrent. L'employée, débordée, bougea enfin. Elle appela le boss ; ils entendirent l'autre aboyer au bout du fil. Vulgaire. « Chier… rien à secouer, j'ai demandé qu'on me foute paix, je comprends pas, merde, etc. »

Racine sortit le grand jeu :

« Dites-lui que c'est de la part d'Angela Capra ! »

L'hôtesse transmit. Les visiteurs n'entendirent pas si Bacri-Shady avait réagi ; ils eurent plutôt l'impression d'un grand blanc. Qui dura. Puis la réponse tomba :

« J'arrive. »

Il descendit peu après. Rien à voir en effet avec la description qu'avait faite Ska du hacker. Mais Racine reconnut son homme de Bruxelles, le look BCBG, les cheveux noirs, courts, propres, lissés sur la droite. Pas de boucles d'oreilles. Il était glabre, la chemise blanche sortait du polo chic. Une bouche mince. Seul problème : quand il vous regardait, l'œil droit vous perçait, le gauche, lui, partait ailleurs.

Après les salamalecs d'usage, le libraire attaqua :

« Vous connaissiez Angela Capra ? »

Il se fit répéter le nom, hésita, toussota puis lâcha :

« C'était votre amie ?

— Pourquoi "c'était" ?

— Pour rien. Histoire de dire.

— Alors ?

— On a pu se croiser pour des raisons professionnelles, sans doute. Le nom me dit vaguement quelque chose, mais je ne me souviens plus très bien, je vous avoue. C'était une commerciale ?

— Non, pas du tout, c'était une journaliste d'investigation. »

Il faisait l'âne. Long silence dans le hall d'accueil. La standardiste tentait de suivre.

Racine changea de sujet, déclara qu'il avait vu Étienne Bacri à Bruxelles, que celui-ci avait été brillant.

« Ah, vous étiez là ? Merci, opina-t-il, vaniteux.

— Un sacré casseur de codes. Tous les codes fameux, même le code mythique de Waterloo. Vous les avez tous possédés, bravo ! Et puis vous avez refusé toutes leurs offres de… collaboration, disons.

— Exact, c'est exact. Étienne Bacri retrouvait de l'allant, on sentait qu'il aimait ces caresses.

— C'est sidérant, reprit Racine. D'ailleurs personne n'a compris. Vous n'avez pas des besoins, même de petits besoins, ne serait-ce que pour faire vivre votre société ?

— Merci, on se débrouille. Bon, chers amis, j'ai à faire. C'était un plaisir… »

Déjà il repartait, trop heureux de s'en sortir à si bon compte.

« Mon petit doigt me dit, lâcha soudain Racine, que quelqu'un a dû vous faire une offre autrement colossale que tous les petits tas d'euros proposés à Bruxelles par les uns et les autres.

— Vous vouliez me voir pour me parler de votre petit doigt ? ricana l'autre, tout en continuant de s'éloigner.

— Quelqu'un vous aurait-il donné une montagne d'euros, ou de dollars ? Quelqu'un qui a les reins plus solides qu'une entreprise ? Un État par exemple, un État "allié" ? » poursuivait le libraire.

Le maître des lieux avait ralenti son allure.

« L'État américain pour ne pas le nommer ? Ou son maître-espion, la NSA ? Je me trompe ? Vous bossez maintenant pour la NSA ? »

Étienne Bacri rosit, ça ne lui allait pas. Son œil valide tournicotait. Il s'était arrêté. Touché, pas coulé. Comme un gosse mal élevé, il se curait une narine avec l'index. Son drôle de regard partait dans tous les sens, comme s'il cherchait de l'aide. Magali, sur la lancée de son compagnon et brutalement inspirée, insista : « Et quelqu'un avait compris ça, ce *deal*, avant nous, non ? Angela Capra par exemple. Elle avait compris que Big Brother pourrait s'immiscer encore mieux, encore plus, dans toutes nos petites données "perso", grâce notamment à une technologie française, la vôtre. On se trompe ? Vous ne dites rien ?! Ho, Bacri, vous dormez ? »

Son œil droit était revenu sur ses visiteurs, mais sans les voir réellement, le gauche semblait implorer la standardiste, qui n'avait pas l'habitude de voir son patron si lymphatique. Il avait l'air d'être débranché.

« Et la publicité qu'aurait pu vous faire Angela Capra, ça ne vous arrangeait guère, pas vrai ? poursuivait la pigiste. D'où ce rendez-vous avec elle à la cathédrale. Pour lui demander de se taire ? Ou l'obliger à se taire, si besoin ? »

Étienne Bacri, soudain, se reprit, atterrit. Il attira le duo loin de la standardiste :

« Vous voulez combien ? »

Écœurés, les visiteurs se retirèrent, se sauvèrent plus exactement. Étienne Bacri était salissant, même à distance.

22

PACS

La publication du dossier des *Papiers Nickelés* sur « La communauté américaine de Paris, réseaux et filières », fit du bruit. Moins que l'affaire Cahuzac, mais tout de même… Magali avait masqué les noms des bons et donné sans vergogne ceux des nuisibles, dont Étienne Bacri.

Une telle publicité fut fatale à ce dernier. En ces temps de défiance généralisée, et malgré l'atlantisme ambiant, sa réputation d'espion supplétif coula sa boîte en un rien de temps.

Dans la foulée, d'autres, côté police judiciaire, s'intéressèrent au bonhomme et ressortirent le dossier Angela Capra.

Cao avait reçu un message de Miles. Il était à Berlin, hébergé par le CCC, le Chaos Computer Club, des hackers qui avaient, là-bas, pignon sur rue. Sur la photo qui accompagnait son mot, on le voyait poser devant une affiche « Asile pour Snowden ». Cao comptait vendre Le Bagel et le rejoindre. Elle pensait déjà ouvrir un « chinois » vers Pankow.

Sur le pont de *L'Andante*, Magali Bourgeade et Racine regardaient, songeurs, la cavalcade infernale de Marc-Édouard, boulevard Bourdon. Tout en regrettant déjà le prochain départ de Cao, Racine venait de proposer à son amie journaliste de se pacser. Celle-ci, indécise, repensait à Mowgli, sur son fauteuil, et tardait à répondre.

Annexes, sources, bibliographie

Le chapitre 1 s'inspire en partie d'une nouvelle de Gérard Streiff intitulée *Rouge sur blanc*, publiée en 2011 aux éditions Krakoen, collection Petit noir.

Sur la NSA :

The Puzzle Palace, James Bamford, Houghton-Mifflin, 1982
The shadow factory, James Bamford, Random House, 2008
Body of Secrets, James Bamford, Random House, 2002

James Bamford, prophète en NSA de Corine Lesnes, *Le Monde*, 5/12/2013.

Citizen four, film de Laura Poitras.

Achevé d'imprimer sur les presses
de publi2M en avril 2015